약사의 혼잣말

13

휴우가 나츠

일러스트
시노 토우코

"아니, 하지만
상대는 마오마오 인데?"

집오리를 안은 채
넋이 나간 　바셴　이 있었다.
폭신한 깃털이 달린 하얀 집오리를
안고 있으니 따뜻해 보였다.

라칸 이 그물 침대를 만들고 싶다면서
커다란 대들보가 여러 개 있는,
천장이 높은 방을 집무실로 삼았다.
하지만 당사자의 운동 신경이 너무 둔한 나머지
결국 그물 침대에 올라가지도 못했다.

"진시 님의 마음을 받아들인 이상,
관계를 가졌다면 그것은
저도 합의한 일입니다."

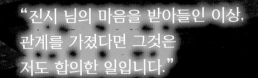 는 입술을 꽉 깨물었다.

약사의 혼잣말

INTRODUCTION

멀어져 가는 평온한 나날

서도의 복잡한 사정도 일단락되고,

마오마오는 1년 만에 도성으로 돌아왔습니다만,

진시의 마음 앞에서 솔직해지는 길을 선택합니다.

하지만 거기에는 커다란 문제가 존재한다는 사실도 이해하고 있었죠.

관료들 중에는 교쿠요 황후의 아들이 동궁에 적합하지 않다며

다른 황족을 동궁으로 세우려는 자들이 있었습니다.

진시는 물론이고, 리화 비의 아들,

몇 대 전 황족의 혈통까지 거슬러 가려는 눈치입니다.

나라의 정점에 가까운 자는 평온한 나날을 바랄 수도 없습니다.

이번에는 마오마오와 인연이 있는 여러 사람들의 시점에서도 인생을 바라봅니다.

그들이 어떻게 생각하고, 어떻게 살아가는지.

또한 마오마오는 진시를 어떻게 받아들일지.

도성 사람의 마음이 크게 움직입니다.

약사의 혼잣말

13

휴우가 나츠 지음
시노 토우코 일러스트

Carnival

약사의 혼잣말

	인물 소개	013
1화	라한과 산판(三番)	019
2화	라한과 목매단 시체 전편	029
3화	라한과 목매단 시체 중편	047
4화	라한과 목매단 시체 후편	065
5화	진시와 보고	079
6화	티엔요우의 의무실 일기	099
7화	마메이와 서투른 남동생	109
8화	아형정전(阿兄正伝)	125

9화	옌옌의 휴일	149
10화	옌옌과 연애 이야기	161
11화	죠카라는 꽃	173
12화	죠카와 여동생 같은 아이	187
13화	야오와 라한네 형의 귀환	209
14화	아둬의 진실	233
15화	진시의 동요, 마오마오의 결의	251
16화	마오마오의 늦은 저녁 식사	271
가계도	황족	276
가계도	라 일족	277

KUSURIYA NO HITORIGOTO 13

ⒸNatsu Hyuuga 2023
All rights reserved.
Originally published in Japan by Imagica Infos Co., Ltd.
Through Shufunotomo Co., Ltd.
Korean Translation rightsⒸ2024 by HAKSAN PUBLISHING CO., LTD.

인물 소개

마오마오⋯⋯본래는 유곽의 약사. 후궁과 궁정 근무를 거쳐, 현재는 의관 보조 관녀 일을 하고 있다. 서도의 복잡한 사정도 일단락되고 1년 만에 겨우 도성으로 돌아왔다. 진시의 마음 앞에서 솔직해지기 시작했지만, 상대의 입장을 생각하면 여러 가지 문제가 있다는 사실을 알고 있다. 21세.

진시⋯⋯왕제. 천녀 같은 미모를 지닌 청년. 리쿠손에게 보복하지 못한 채 도성으로 돌아왔다. 마오마오를 향한 마음이 겨우 쌍방이 되기 시작한 덕분에 다소 들떠 있지만, 자신의 입장을 생각하면 아직 고민이 많다. 본명, 카즈이게츠. 22세.

바센⋯⋯진시의 종자, 가오슌의 아들. 집오리 쟈후를 도성으로 데려왔다. 황제의 전前 비였던 리슈를 연모하고 있다. 22세.

취에……가오슌의 아들인 바료의 처. 까불까불한 성격이지만 '미 일족'으로 첩보 활동이 특기다. 마오마오를 구하려다 큰 부상을 입고 오른팔을 못 쓰게 되었다.

라한네 형……라한의 형. 사실은 꽤나 유능하지만 본인에게 자각이 없기 때문에 늘 손해만 보는 성격. 동성동명의 소년이 있었던 바람에 그와 착각한 나머지 서도에 홀로 남겨지고 말았다.

라한……라칸의 조카이자 양자. 동그란 안경을 쓴 몸집 작은 남자. 라칸을 대신하여 도성의 저택을 지키고 있다. 유능하며 열등감이 없는 문관. 숫자를 좋아한다. 22세.

라칸……마오마오의 친아버지이자 뤄먼의 조카. 외알 안경을 낀 괴짜. 1년 만에 도성으로 돌아온 후에도 자신만의 길을 간다.

리쿠손……원래는 라칸의 부관. 현재 서도에서 일하고 있다. 사람 얼굴을 한 번 보면 잊어버리지 않는 특기를 지녔다. 정체는 멸족당한 '이 일족'의 생존자로, 가족의 원수를 비밀리에 갚았다. 인생의 목표를 달성했기 때문인지 팽팽하던 실이 느슨해져, 취미로 왕제를 괴롭히고 있다.

온소……라칸의 부관. 사실은 서도에서 리쿠손을 데리고 돌아오고 싶었다.

스이렌……진시의 시녀이자 유모. 진시에게 상당히 무르다.

죠후……부리에 검은 점이 있는 하얀 집오리. 리슈가 부화시킨 새끼 오리지만, 바센을 처음 본 순간부터 잘 따라서 결국 서도까지 따라왔다. 처세술에 능숙하고, 어디서든 나타나 먹이를 찾아먹는다.

교쿠요 황후……황제의 정실. 빨간 머리와 녹색 눈을 지닌 이방의 공주. 동궁의 모친이지만 용모 때문에 정실에 어울리지 않는다는 말을 자주 듣는다. 23세.

야오……마오마오의 동료. 루 시랑의 조카. 세상 물정 모르는 아가씨지만 나름대로 노력해서 혼자 살아가기 위해 애쓰고 있다. 최근 라한이 자꾸 눈에 들어온다. 17세.

옌옌……마오마오의 동료이자 야오의 시녀. 그 무엇보다 야오가 중요하지만 야오가 홀로서기를 못 하는 데에는 옌옌에게 커다란 책임이 있다. 라한을 자꾸 바라보는 야오가 마음에 걸린다. 21세.

티엔요우……신참 의관. 해체와 해부를 좋아하는 위험한 사람.

마메이……바센의 누나. 어머니 타오메이가 아버지 가오슌과 함께 서도로 떠났기 때문에 대신해서 '마 일족'을 진두지휘하고 있었다. 자식이 둘 있는데 동생인 바료 부부의 아이와 함께 키우고 있다.

류 의관……궁정의 상급 의관. 뤄먼의 오래된 지인. 마오마오 일행을 엄격하게 지도한다.

리 의관……중급 의관. 마오마오 일행과 함께 서도로 떠났다. 수라장을 여러 번 경험한 결과 쓸데없이 듬직해졌다.

칸쥔지에……어째서인지 서도에서 데리고 온 소년. 흔해 빠진 이름.

아둬……황제의 소꿉친구이자 전前 비 중 한 사람. 황제와의 사이에 아들을 하나 낳았다. 39세.

바이링……녹청관의 세 아가씨 중 하나. 무용이 특기인 풍만한 미녀.

죠카……녹청관의 세 아가씨 중 하나. 사서오경을 암기하는 재녀.

약사의 혼잣말

1 화 ⦂ 라한과 산판(三番)*

　항구에 인파가 보였다. 커다란 배가 정박해 있어 마중 나온 자들이라는 사실을 알 수 있었다. 왕제가 약 1년 만에 서도에서 중앙으로 돌아오니 사람들이 난리가 난 것도 당연하다.

　라한 또한 마중 나온 사람들 중 하나였다. 마차 안에서도 돌아온 배가 보였다.

　"라한 님, 여기에 마차를 세워도 될까요?"

　정중한 말투로 묻는 사람은 산판=番이었다. 라한과 동갑인 여성이지만 남자 옷을 입고, 머리도 야무지게 묶었다. 얼핏 보기에는 가냘픈 미청년으로 보일 터였다.

　왜 이름이 번호가 되었냐, 라한의 양부인 라칸이 이름을 기억하지 못하기 때문이었다. 재능이 있어 보인다며 주워 온 세 번

....

※산판 : 3번.

째 인물, 그 사람이 바로 산판이었다.

산판은 본래 상인 가문의 딸이었다. 부모가 정한 결혼 상대가 싫어 도망치다가 라칸에게 접근해 자신을 사 달라고 제안했다. 원래는 쫓아내서 돌려보냈겠지만 상인 가문의 딸답게 장사에 재능이 있어 라칸이 거두었다.

현재 당주인 라칸의 빚은 라한과 산판이 부업으로 갚고 있다. 산판이 남장을 하는 이유는 여자라면 얕보이기 때문이기도 하고, 또 싫은 상대와의 결혼을 강요당하는 통에 반항심을 갖고 있기 때문이다.

"그래. 마차는 항구 바로 옆에 세워 두자. 아버님 이름을 대면 통과시켜 주겠지."

"알겠습니다."

라한은 '라'라는 글씨가 아로새겨진 금속 패를 꺼냈다. 본래 당주가 갖고 다녀야 할 물건이지만 라칸에게 쥐여 주면 자꾸 잃어버리기 때문에 라한이 맡아 두고 있었다. 상식적으로 이해할 수 없는 일이지만 그것이 라칸이라는 사내니 어쩔 수 없다.

"이제 언제든지 집안을 탈취할 수 있겠군."

그렇게 농담하는 자도 있었다. 하지만 그런 짓을 했다가 철저하게 짓밟힐 쪽은 라한이기도 했고, 또 집안을 탈취한다는 말 자체가 라한의 입장으로서는 억울하기도 했다. 지금 라칸이 진 빚을 갚느라 허덕거리는 건 다름 아닌 라한이니 그 누구보다 효도를 하고 있다고 주장할 수 있다.

"그런데 다른 마부는 없었어?"

마부석에 앉아 말고삐를 쥔 자는 산판 본인이었다. 작은 창을 통해 대화를 하려니 조금 불편했다.

"아, 네. 일부러 외부에서 마부를 조달해 오기는 좀 아까우니, 마침 한가하던 제가 마부석에 앉는 것이 낭비가 없지 않겠습니까?"

"그렇군. 하지만 이판*과 얼판* 때는 항상 마부가 있었는데."

어째서인지 산판에게 부탁하면 언제나 마부 없이 산판이 따라온다.

"그렇습니까?"

산판은 시치미를 뚝 떼려는 모양이었다. 라한도 아무 일 없었다는 듯 대했다.

산판은 마차를 멈추고 마부석에서 내렸다. 라한도 내리고, 옆에서 같이 말을 타고 달려오던 호위 한 명에게 마차를 맡겼다.

마침 배에서 승무원들이 내렸다. 라칸을 찾는 건 쉬운 일이었다.

큰 환호성이 들려오는 쪽이 왕제가 있는 장소다. 반대로 묘하게 사람이 별로 없고 조용한 쪽이 라칸이 있는 장소다. 라칸의

※이판 : 1번.
※얼판 : 2번.

됨됨이를 아는 자는 쉽게 접근하지 않는다.

"자, 죄송합니다. 지나갈게요."

라한은 라칸 쪽으로 성큼성큼 걸어갔다. 인파 너머에 축 늘어진 아저씨가 보였다. 재미있을 정도로 완벽한 원을 그리며 사람들이 피하고 있었다. 부관 온소가 간호하는 중이었다.

라칸은 탈것에 약하다. 마차 정도는 괜찮지만 배는 그렇지 않은 모양이었다. 라한도 뱃멀미가 상당히 심한 편이니, 이럴 때는 묘한 혈연을 느끼게 된다.

"라한 공."

온소가 라한을 알아보았다. 약 1년 동안의 서도 근무가 힘들었는지 전에 만났을 때보다 훨씬 핼쑥했다.

"모시러 왔습니다. 이 상태의 아버님은 아무짝에도 쓸모가 없으니 모셔 가고 싶은데 문제는 없겠지요?"

일단은 고관이다 보니 원래는 등청해서 중앙에 돌아왔다고 보고해야 하리라.

"네. 잘 부탁드립니다. 달의 귀인께는 제가 말씀드려 두겠습니다."

온소는 오히려 안도한 표정이었다.

"달의 귀인도 그게 편하실 테고요."

"그렇겠죠."

라한은 호위를 시켜 얼굴이 새파래진 양부를 마차로 옮겼다.

"아버님과 한 마차를 타야 하나."

솔직히 위액과 오물 냄새가 섞인 공간에 있고 싶지 않았다.

라한은 라칸을 마차 안에 대충 굴려 놓고 마부석에 앉았다.

"라, 라한 님?"

"좀 좁지만 참아. 아버님이랑 같은 마차를 타고 가다가는 나까지 토할 것 같으니까."

산판에게는 미안하지만 라한은 혼자 말을 타지 못한다. 걸어서 돌아갈 체력도 없다. 필연적으로 산판 옆에 앉을 수밖에 없었다.

"아~ 달의 귀인께 인사드리고 싶었는데 어쩔 수 없네. 다음에 하자."

지금 저 인파 속을 헤치고 들어가 봤자 어중이떠중이들 중 하나가 될 뿐이다. 라한은 자신이 눈에 띄는 용모라고는 도저히 표현할 수 없는 수수하고 키 작은 남자라는 사실을 알고 있었다. 그런 외견의 남자가 자신을 더욱 크게 보이도록 만들려면 자신의 능력을 발휘할 수 있는 무대와 상대가 덥석 달려들 만한 정보를 갖고 있어야만 한다. 어울리지 않는 고급품을 몸에 대충 걸치고 위세만 부려 봤자 헛수고일 뿐이고, 오히려 우스꽝스럽다.

투자와 마찬가지로, 무슨 일이든 적기를 놓치지 않는 것이 중요하다.

달의 귀인은 혜안의 소유자이며 쉽게 속아 넘어갈 성격이 아니다. 아름다운 외견 이상으로 내면까지 아름답지 않으면 라한은 용서하지 못한다. 그 점에서 달의 귀인은 라한의 이상형이라 할 만한, 하늘이 빚은 창조물이었다.

"1년이라. 마오마오는 아기 씨 하나 정도는 받아 왔으려나."

마치 덤처럼 의붓여동생이 생각났다. 마오마오와는 지금 당장이라도 만나서 이야기를 나누고 싶지만, 우선 마차 안의 짐짝을 해결해야 하니 포기해야 했다.

"라한 님, 마오마오 님께 제가 연락드려 둘까요?"

산판이 라한에게 물었다.

"부탁해도 될까?"

"일단 저택에 돌아오시라고 전달해 놓겠습니다."

"오긴 올까나."

"마오마오 님의 친구분들 일로 의논드릴 일이 있다고 편지를 보내겠습니다. 무시하실지도 모르겠지만요."

"…너한테 맡길게."

평소 라한이 보내는 편지는, 간단한 내용이라면 산판이 대필하는 경우가 많다. 마오마오는 산판을 모르지만 산판은 마오마오를 일방적으로 알고 있는 관계다.

"네. 마오마오 님께서 빨리 그것들을 거둬 가셔야만 하니까요."

묘하게 불분명한 말투로 산판이 말했다.

'그것들'이 무엇을 가리키는 말인지는 저택에 도착하니 바로 알 수 있었다.

기묘한 장기 말 조형물이 있는 저택 앞에서 여성 두 명이 기다리고 있었다.

"라한 님!"

늘씬한 여성이 마차로 다가왔다.

야오라는 소녀는 라한보다 키가 크지만 나이는 아직 열일곱이다. 그 뒤에는 날카로운 눈빛으로 노려보는 여성, 옌옌이 있었다. 산판이 말한 마오마오의 친구들이었다.

마오마오에게 은혜를 베풀겠다며 저택에 묵게 했던 것이 실수였다. 어째서인지 이 둘은 그대로 계속 저택에 눌러앉아 있었다.

"마오마오는 어땠나요?"

걱정스러운 듯한 야오의 얼굴은 용모도 단정했기에 매우 사랑스러웠다. 하지만 그것이 전부였다. 라한은 이 이상 야오에게 접근해서는 안 된다. 머릿속에서 그런 경종이 계속 울려 퍼지고 있었다.

"나는 아버님을 모시러 갔을 뿐이야. 안타깝게도 동생까지 주워 오지는 못했어. 가기 전에도 그렇게 말했잖아?"

야오와는 거리를 두고 대하고 있다. 그러지 않으면 야오의 시녀 옌옌의 시선이 너무 무섭다.

"그랬군요."

야오는 아쉬운 듯 귀에 머리카락을 걸쳤다.

어째서인지 옌옌이 노려보았다. 시무룩해진 야오를 보고 전부 라한 잘못이라고 말하는 듯한 표정이었다. 대체 뭘 어떻게 하는 것이 정답일까.

"다른 볼일은 없으십니까? 여기서 계속 서서 이야기를 나누다가는 주인 나리를 언제까지 기다리시게 해야 할지 모릅니다."

산판이 눈을 가늘게 뜨며 말했다. 가시 돋친 말투였다.

"…그렇군요. 실례했습니다."

야오 또한 눈을 가늘게 뜨고 산판을 보았다. 옌옌이 냉담한 미소를 지었다.

"그리고 마오마오 님이 돌아오실 때까지 걱정이 되니까 이곳에 머무르시기로 한 약속이었죠. 사람을 보내드릴 테니, 이제 짐을 정리해 주시길 부탁드리겠습니다."

산판이 후련하게 웃으며 말했다.

"마오마오 님이 돌아오신 이상 이 저택에는 요만큼의 미련도 없으실 테니까요."

어째서일까, 라한의 육감이 이곳은 지금 수라장이라고 알리고 있었다.

"…그래요."

야오는 생각에 잠긴 눈치였다.

"며칠만 기다려 줄 수 없겠어요? 꽤 오래 이곳에서 지내 짐을 정리하는 데 시간이 걸릴 것 같은데."

"어머, 그쪽에 있는 유능한 시녀가 잽싸게 정리해 줄 거라 생각했는데요. 그리고 듣자 하니 친척분께서도 서도에 가셨다지요? 본래는 마오마오 님보다 그분의 마중을 우선해야 했던 거 아닐까요?"

"어머, 그 일 말인데요. 숙부님은 서도에 계속 남아 계신다고 해요. 본가에서도 그 문제 때문에 정신이 없어서, 제가 갈 곳이 마땅히 없어 보여요."

어째서일까. 정중한 대화인데 야오와 산판 사이에 불꽃이 보인다. 그리고 옌옌은 계속 라한만 노려보고 있다.

라한은 일단 이 자리를 피하고 싶은 일념으로 마부석에서 내렸다. 그리고 근처에 있던 하인을 불렀다.

"아버님의 침실을 마련해 줄 수 있을까? 그리고 소화가 잘되는 죽과 기름기가 많지 않은 과자도 준비해 줘. 과일도 좋겠네. 그리고 과일 음료는 아주 차갑게 식혀 오도록."

"알겠습니다."

"그럼, 나는 할 일이 남아 있어서."

라한은 그 자리에서 도망치듯 성큼성큼 걸어갔다.

2 화 : 라한과 목매단 시체 전편

양아버지가 서도에서 돌아온 일은 라한에게 좋은 일이기도 하고, 나쁜 일이기도 했다.

"아버님, 오늘부터 등청하셔야 합니다. 첫날 정도는 똑바로 하셔야죠."

라한은 졸린 눈으로 죽을 먹는 라칸을 쳐다보았다. 라한 옆에는 아이가 셋, 큰 순서대로 스판四番, 우판五番, 리우판六番이 붙어 있었다. 라칸이 주워 온 고아 3인조로 지금은 저택에서 잡일을 돕고 있다.

스판은 열심히 죽을 떠서 라칸의 입에 옮겨 주고 있었다.

그저 라칸이 게으를 뿐이지만, 보는 사람에 따라서는 소아 성애 취향이 있다고 의심받을 수도 있는 광경이었다. 하지만 혼자 식사를 하게 두었다가는 어린애처럼 한참 시간이 지나도 밥을 다 먹지 못하니 어쩔 수가 없다. 그리고 아이들 셋 외에 또

한 명, 낯선 소년이 있었다. 아직 관례 전인 듯했고 몸집 작은 라한보다 더욱 몸집이 작았다.

어제 라칸에게 시중을 들으라는 지시를 받고 따라왔다고 한다. 생김새로 볼 때 술서주 출신이라는 것은 알겠는데 왜 따라왔는지는 알 수 없었다.

"미안하지만 너는 누구지? 아버님이 주워 오신 건가?"

라칸은 아무 데서나 사람을 주워 오는 습관이 있었다. 서도에서 마음에 드는 아이를 그냥 데려왔는지도 모른다. 고아라면 다행이지만 부모가 있으면 유괴가 된다.

"서도로 돌아가고 싶다면 말하렴. 아버님의 실수지만, 가족이니까 내가 책임지고 돌려보내 줄 테니."

라한 입장에서 당주가 돌아왔다는 사실은 책임 회피를 할 수 있다는 동시에, 뒤처리할 일이 산더미처럼 불어난다는 말도 된다. 하지만 어린애 하나 돌려보내는 일쯤이야 간단하다. 후궁을 폭파하려 들었을 때에 비하면 아무것도 아니다.

"아뇨, 저는 일하러 온 겁니다. 일단 라칸 님의 시중을 들으라고 달의 귀인께서 명하셨습니다."

"그랬군, 그럼 네 이름을 물어도 될까?"

무슨 의도가 있어 달의 귀인이 아버님께 붙인 아이인지, 라한은 의문스러웠다.

"네. 저는 칸쥔지에漢俊杰라고 합니다."

"칸쥐지에….."

이름을 들으니 그것이 바로 대답이었다.

라한은 머리 회전이 빠른 편이다. 익숙한 이름이 튀어나오자, 그리고 보니 서도에서 친형이 돌아오지 않았다는 사실을 깨달았다.

왜 형이 없고 낯모르는 어린애가 있는가. 그 이유는 바로 알 수 있었다.

형과 쥐지에 소년이 동성동명인 바람에 착오가 벌어져 사람이 바뀐 것이다. 그런 어처구니없는 일이 정말 있을까 싶지만, 친형은 원래 그런 별 아래서 태어난 인간이다.

"그런 거였군."

라한은 고개를 끄덕였다. 라한에게 형은 열두 가지 재주를 가졌지만 저녁을 굶는 사람이고, 늘 꽝 제비만 뽑는 인간이다. 먼 땅에 홀로 남겨진 채 아직도 정신없이 일만 하고 있으리라.

라한은 형이 싫지 않다. 오히려 좋은 형이라고 생각하므로 언젠가 괜찮은 여성을 소개해 주고 싶은 마음이었다.

"라한 님."

산판이 다가왔다.

"왜 그래?"

"죄송합니다. 주인 나리의 옷 속에 이런 것이 들어 있어서 가져왔습니다."

산판이 내민 편지는 간소했지만 고귀한 향기가 났다. 발신인 불명으로 보이지만 라한은 필적으로 누가 쓴 글인지 알 수 있었다. 유려함 속에 힘찬 분위기가 느껴지는 필체였다.

달의 귀인이 라한에게 보낸 그 편지에는 어쩌다 '칸쥔지에'라는 소년이 이곳에 있는지 완곡하게, 그러면서도 미안한 말투로 적혀 있었다.

대략 라한이 상상했던 대로였다. 형이 중앙에 돌아오면 '칸쥔지에'를 서도로 돌려보낼 예정이니 그때까지 맡아 달라는 이야기였다.

형에게는 미안하지만 일단 달의 귀인에게 빚을 만들어 놓는 것은 큰 도움이 된다. 앞으로도 계속해서 빚을 만들어, 갚을 수 없을 만큼 잔뜩 키워 놓고 싶다.

라칸은 겨우 죽을 다 먹었는지 스판이 입을 닦아 주고 있었다. 우판과 리우판이 후식을 가져왔다.

"아버님, 궁정에 가시기 전에 현재 상황을 몇 가지 보고해 드리고자 합니다."

"응~ 다른 사람들이 다 해 주고 있잖아?"

"아무래도 1년이나 자리를 비우셨으니 삐걱거리는 부분이 생깁니다."

라한이 라칸 앞에 장기판을 가져다 놓자, 라칸은 부하를 장기 말에 비유하며 판 위에 말을 놓아 그 배치표를 만들었다.

처음에는 라한도 이해하지 못했으나 여러 번 보다 보니 법칙이 보이기 시작했다. 완전하지는 않지만 장기판을 보면 라칸이 하고 싶은 말을 어느 정도 이해할 수 있었다.

"말이 어떻게 움직이고 있지?"

"글쎄요, 이게 이쪽으로 가고, 이쪽이 이렇게."

라한은 은銀을 적진으로 이동시키고 보병을 빼앗았다. 그러나 향차를 각에 빼앗겼다.

"향차라. 기세는 좋지만 거짓말쟁이 같은 느낌이 있단 말이지."

라칸은 정치적 파벌에 가담하지 않는다. 그러나 라칸 본인에게 그럴 생각이 없어도 자연스럽게 라칸파라는 것이 생기는 것은 어쩔 수가 없다.

라칸의 부하들은 라칸이 없는 사이 적대 파벌이 제멋대로 날뛰지 못하도록 지켜보고 있었다. 그러나 오래 살고 싶으면 라칸에게 손대지 말라는 불문율은 1년 사이 꽤나 무너진 상태였다.

라칸의 부하 한 명이 다른 파벌로 넘어가 버렸다. 하지만 그런 한편, 다른 파벌 사람을 끌어오는 데 성공한 모양이었다.

라칸이 서도로 떠나기 전 부하들에게 내린 명령은 딱 하나였다.

"지금 그대로, 돌아왔을 때 아무 변화도 없을 것."

그 결과 향차를 빼앗기고 보병을 빼앗았다. 부하들 입장에서는 라칸의 귀환을 전전긍긍하며 기다리고 있을 터였다.

라한은 생각한다. 본래 정치적 거래에 재주가 없는 무관들에게 궁정 내의 역학 관계를 유지하라는 말 자체가 무리다. 그러니 충분히 합격점이라고 할 만하지만 라칸이 어떻게 반응할지는 모를 일이었다.

"일단 주워 온 보병을 한번 볼까?"

"알겠습니다."

라한이 붓을 들었다. 우판과 리우판이 먹과 종이를 준비해 왔으므로, 부관이 알아들을 수 있도록 명령을 적었다. 부관 온소는 1년 만에 아내와 딸을 만났는데 당장 내일 출근하라니 불쌍하게 느껴지기도 했다. 라칸의 부관이 된 시점에서 휴식 따위는 존재하지 않는다.

"이게 궁정인가요? 서도의 공소보다 훨씬 크네요."

형과 동성동명인 소년이 눈을 반짝반짝 빛내며 마차에서 내렸다.

라한은 서도에서 온 소년을 어떻게 할까 고민했다. 그냥 산판한테 맡겨 버려도 괜찮았겠지만, 문제가 생겼다.

식객, 아니, 야오와 옌옌이 끼어든 것이다. 이들은 어째서인지 쥔지에 소년을 회유하기 시작했다.

산판과 야오는 사이가 나빠 틈만 나면 불꽃을 튀긴다. 대체 무슨 원인으로 저렇게 싸우는지 라한은 모르는 척하고 싶었다.

일단 소년과 라칸은 궁합이 나쁘지 않아 보였기에 시동으로 붙여 주기로 했다. 그 덕분에 온소의 부담이 줄어들면 라한 입장에서도 서류 처리가 정체되지 않으니 고마운 일이다. 동시에 그렇게 잘 풀리리라고 생각하지도 않았다.

"저기, 옌옌. 앞머리가 흐트러지지 않았을까?"

"문제없습니다. 늘 그렇듯 아름다우세요."

뒤에서 들리는 식객들의 목소리. 라칸을 마차로 바래다줄 때, 아가씨들도 마차를 태워 주기로 했다. 자신들만 마차에 타고 아가씨들은 걷게 할 수는 없는 노릇이었다.

"라한 님, 여성에게 친절한 것은 좋지만 그렇게까지 신경 쓰실 필요가 있을까요?"

산판이 조용히 속삭였다. 오늘도 산판은 마부로 따라와 주었다. 솔직히 산판에게는 다른 일을 시키는 편이 더 효율이 좋지만, 당사자가 말을 듣지 않으니 어쩔 수가 없다.

"산판, 그건 네가 간섭할 일이 아니야."

"…알겠습니다."

"그럼, 나는 아버님을 바래다드리고 올게."

내일부터는 라칸을 온소에게 맡겨 버릴 예정이다. 라한도 매일같이 라칸이나 돌보며 지낼 생각은 없었다.

"저희는 의국으로 갈게요."

야오와 옌옌이 떨어져 주어서 조금 마음이 놓였다. 마오마오가 돌아왔으니 저 둘은 숙사로 돌려보낼 작정이었다.

"그럼 쥔지에 군, 또 봐."

"네. 야오 님과 옌옌 님도 맡으신 업무 힘내십시오."

"그렇게 격식 차리지 않아도 되는데."

야오는 묘하게 친근감 있는 태도였다. 왠지 모르게 모든 남성을 다 끔찍하게 싫어하는 성격인 줄 알았더니, 아직 관례를 치르지 않은 어린애에게는 친절한 것일까.

"앞으로는 형님과 백부님 일도 잘 도와야 해."

야오와 옌옌이 사라지려 하는데 라한이 두 사람을 잠시 불러 세웠다.

"두 분, 뭔가 착각하고 계신 것 같습니다."

"뭐가 말인가요?"

야오가 고개를 갸웃했다.

"제 성은 '칸'입니다만, 라칸 님 집안과는 아무런 혈연관계도 없습니다."

쥔지에 소년이 자신의 입으로 정정했다.

"하지만 어제 라칸 님이 '쥔지에? 조카 이름이었던 것 같은데' 라고 말씀하시던걸요?"

옌옌이 쓸데없이 비슷하게 목소리를 흉내 내며 대답했다. 그러고 보니 어제, 옌옌이 한밤중에 간식을 만들어다 준 모양인데 설마 라칸을 회유하려 했던 것은 아니겠지. 라한은 살짝 몸을 부르르 떨었다.

"틀리지는 않았지만 결정적으로 달라. 시간이 없으니 나중에 설명할게."

라칸이 라한의 친형 이름을 기억하고 있었던 것은 기적이었다. 하지만 얼굴까지는 기억하지 못했다.

결과적으로 쥔지에 소년은 '뭔가 아닌 것 같긴 하지만 아마 조카'라는 위치를 점거하게 되었으리라. 둘 다 평소 성실하게 공적을 쌓는 근면한 성격이라는 점에서 비슷한 생물로 보였을지도 모른다.

라한은 친형에게 빨리 가정을 꾸리게 해 주어야겠다는 생각이 들었다.

"저어, 제 이름에 무슨 문제라도 있을까요?"

쥔지에 소년이 불안한 표정으로 라한과 야오, 옌옌을 번갈아 쳐다보았다.

"으음~ 좀 복잡하긴 한데 신경 안 써도 돼. 그보다 아버님이 또 졸기 시작하셨으니까 등 좀 밀어 줄래?"

"알겠습니다."

라한과 쥔지에 소년은 꾸벅꾸벅 조는 라칸의 등을 밀었다.

라칸 돌보기는 집무실까지 데려다주고 나면 끝날 예정이었다.

하지만 집무실 앞이 이상하게 소란스러웠다. 사람들이 모여 있었다.

"무슨 일이지?"

"무슨 일일까요?"

라한과 쥔지에 소년이 얼굴을 마주 보았다.

집무실 앞에는 부관 온소가 있었다. 중앙에 돌아오자마자 벌써부터 험악한 얼굴이었다.

"온소 공, 무슨 일이 있었습니까?"

"라한 공, 그게…."

온소가 시선을 집무실 쪽으로 돌렸다. 직접 보는 편이 빠르다는 뜻이었다.

"…와."

라한에게 결코 아름답지 않아 보이는 무언가가 늘어뜨려져 있었다.

집무실 대들보에 남자가 목을 매고 죽어 있었던 것이다.

"으악!"

쥔지에 소년이 털썩 주저앉았다.

"저, 저, 저, 저건…."

"목매단 시체네. 처음 봤어?"

"…아, 네에. 뭔가요, 저게?!"

"그러니까 시체라고."

"도, 도대체 왜 아무렇지도 않은 거예요?!"

췬지에 소년은 당황했지만 라한에게 인간의 시체 정도는 딱히 신기하지도 않았다. 사람이 많으면 그만큼 시체도 늘어난다, 그게 전부다.

도성 및 그 주변 지역은 백만 명 정도의 호적이 있다. 하지만 그것이 정확한가 하면, 아마 적게 잡힌 편이라고 보아야 하리라. 구산口算이라는 이름의, 성인에게 매기는 일정 액수의 세금을 피하기 위해 아이가 없거나 또는 성인이 되기 전에 죽은 것으로 위장하기도 하고, 심지어 남자를 여자로 신고하기도 한다. 사망 신고서 내는 일을 잊어버리는 경우도 있겠지만 그보다도 호적이 없는 인간이 더 많을 것이다.

궁정은 후궁까지 합치면 수만 명의 사람이 일하는 곳이다. 인구 밀도도 상당히 높다.

사람이 많으면 그만큼 누군가가 죽는 모습을 볼 기회도 많아진다. 하지만 시체를 직접 보는 일이 드문 이유는 재수가 없다며 시체를 숨겨 버리기 때문이다. 무관일 경우 훈련 중에 입은 부상 때문에 사망하는 경우도 적지 않다. 작년 기록에 따르면 사망이 3건, 무관 노릇을 계속할 수 없을 정도의 후유증을 입은 경우가 18건이었다. 수치로 따지면 적은 편이니 아마 보고되지 않은 건도 많으리라.

문관 중에서도 격무에 시달리다 궁지에 몰려 자살하는 경우가 있다.

"작년에는 7건이었지."

라한은 대롱대롱 매달린 시체를 보며 말했다.

하지만 목매단 시체는 문관이 아니라 무관복을 입고 있었다.

"커다란 테루테루보즈*가 있네?"

"아버님, 이것은 시체입니다."

라칸은 늘 그렇듯 농담인지 진담인지 모를 소리를 했다. 가까이 있던 쥔지에 소년은 시체를 도저히 견딜 수 없었는지 고개를 돌린 채 입을 틀어막았다. 이게 평범한 반응이다.

라한도 시체에서 흘러내리는 오물 냄새를 맡고 싶지는 않았기에 손수건으로 코와 입을 막았다.

"라칸 님, 어떻게 하시겠습니까? 바로 방을 치워드리긴 하겠습니다만, 다른 장소에서 집무를 보시겠습니까?"

부관 온소가 라칸에게 물었다.

"바로 치울 수만 있으면 이 방이어도 상관없는데."

"아버님은 괜찮으셔도 다른 사람들이 싫어합니다."

라한의 안에서 시체는 아름다운 것에 속하지 않는다. 생명 활동을 마친 자는 '인간'에서 '물건'으로 바뀌고, 시간이 경과함에 따라 부패한다. 부패는 청결하다고 부르기 어려운 상태이며, 라한에게는 아름답지 않은 것이었다.

....

※테루테루보즈 : 날씨가 맑길 바라거나, 비가 멎길 바라는 마음을 담아 매달아 두는 인형.

"이 방은 해가 잘 들어."

아직 추위가 남아 있는 이 계절, 라칸에게 가장 중요한 사항은 낮잠을 잘 수 있는 따뜻한 장소를 확보하는 일이었다. 주위에는 라한 일행을 제외하고도 사람이 잔뜩, 정확히 말하면 무관 17명, 문관 10명, 관녀 3명이 구경꾼으로 모여들어 있었다.

"그런데 이 사람은 누구일까요?"

라한은 안경을 고쳐 쓰며 눈을 가늘게 떴다. 시체를 뚫어져라 들여다보고 싶지는 않았지만 누구인지는 확실히 해 두어야 했다. 오늘은 일을 할 수가 없으리라.

"라칸 님이 2년쯤 전에 거두신 무관입니다. 라칸 님 말씀에 의하면 '향차'죠."

온소가 설명해 주었다.

"그 배신했다는?"

"맞습니다. 바로 이력서를 가져다드릴까요? 1년도 더 된 것이긴 합니다만."

오늘 아침 라칸에게 설명했던 장기판에서 빼앗긴 향차다.

라한은 적대 파벌에 빼앗겼다고 말하기는 했지만 '향차'의 얼굴이 어땠는지까지는 몰랐다. 얼굴을 기억하는 것은 라한이 아니라 리쿠손이 할 일이었다.

"그 녀석이 아버님의 집무실에서 자살을 했단 말이지?"

라한은 주위를 확인했다.

'향차'가 매달려 있는 곳은 집무실 중앙의 대들보였다. 이전에 라칸이 그물 침대를 만들고 싶다면서 커다란 대들보가 여러 개 있는, 천장이 높은 방을 집무실로 삼았다. 하지만 당사자의 운동 신경이 너무 둔한 나머지 결국 그물 침대에 올라가지도 못했다는, 하찮기 그지없는 경위가 있다.

다른 방은 목을 매달아 자살할 때 밧줄을 방 중앙에 늘어뜨릴 수 있는 구조가 아니다.

시체에서 흘러내린 오물에서 조금 떨어진 곳에 의자가 있었다. 발로 걷어찼는지 옆으로 자빠진 상태였다. 라칸의 집무실은 그가 부재한 사이 방치되어 있었나 보다. 청소는 한 것 같지만 구석구석까지 깨끗하진 않았다. 라칸이 좋아하는 긴 의자는 깨끗하게 닦여 있었으나 책장 구석에는 먼지가 남아 있었다.

"흐음."

라한은 대들보에 묶여 있는 목매단 밧줄과 매달린 '향차', 그리고 뒤집힌 의자를 보았다.

"아버님."

"응?"

"이 중에 '향차', 목매단 남자를 죽인 범인이 있습니까?"

"응."

라칸은 턱으로 구경꾼들 쪽을 가리켰다.

"네?"

쥔지에 소년이 깜짝 놀란 얼굴로 라칸과 구경꾼을 돌아보았다.

"무, 무슨 말씀이신가요?"

"자, 조용히 해. 범인이 눈치챌지도 모르니까."

라한은 쥔지에 소년을 가볍게 타일렀다. 남자에게 다정하게 대할 생각은 없지만 다른 사람들이 친형으로 착각하는 바람에 끌려온 소년에게 친절을 베푸는 것은 최소한의 예의일 터였다.

쥔지에 소년은 양손으로 자신의 입을 틀어막았다. 정직한 아이는 다루기 편하다.

"누구입니까?"

라한이 라칸에게 물었다.

"하얀 바둑알."

라칸에게는 바둑알이겠지만 라한은 구별할 수 없다. 라한은 눈을 가늘게 떴다.

"앗."

구경꾼들이 점점 흩어졌다. 범인도 사라지겠지만, 어떤 사람들이 모였는지는 라칸의 부관 온소가 확실히 확인해 놓았다. 리쿠손만큼은 아니지만 이 남자도 사람 얼굴을 외우는 게 특기인 부류다.

"온소 공."

라한은 역시나 귀찮다는 생각에 라칸의 부관을 쳐다보았다.

"라한 공, 설마 뒷일은 저 혼자한테만 맡기고 일하러 가려는 건 아니겠지요?"

온소는 뒤틀린 미소를 싱긋 지으며 라한의 어깨를 움켜쥐었다. 그래 봬도 무술을 꽤 익혔는지, 악력이 세서 아팠다.

라한은 어떻게 해야 하나, 하고 한숨을 내쉬며 라칸을 바라보았다.

"나, 졸려. 그 전에 마오마오 보러 갈래."

라칸의 머릿속은 평범한 사람들이 도저히 이해할 수 없는 구조로 이루어져 있다. 수식도 없이 답을 끌어낼 수가 있는데 거기까지 가는 과정을 전혀 모른다. 아무리 적중률이 높아도 증거가 없으면 입건하기 어렵다.

"어디 보자…."

라한은 근처에 있던 하관을 불렀다.

"의국에 가서 **변사체** 검시를 부탁한다고 말해 줘. 목매단 시체가 아니라 꼭 변사라고 말할 것."

"변사체라고요?"

"응, 틀리면 안 돼. 그리고 기왕이면 업무에 막 복귀한 의관 보조들한테 와 달라고 해 줄 수 있겠어? 신선한 시체가 있으니까 의학 공부가 될 거라고."

라한은 빙 돌려 '마오마오를 데려오라'고 말하고 있었다. 무조건 온다는 보장은 없지만, 이렇게 말하면 8할은 마오마오가 올 것이다. 그러면 의욕 없는 라칸도 조금은 멀쩡해지리라.

라칸은 답을 내놓을 수 있지만 답만으로는 설명할 수 없다.

라칸이 범인을 가리키면, 라한은 살해 방법과 동기를 알아내야만 한다. 마오마오라면 그 부분이 특기일 것이다.

그런 연유로 라한은 안경을 쓰윽 추켜올리며, 아름답지 않은 것을 또 봐야 한다는 생각에 한숨을 내쉬었다.

3 화 : 라한과 목매단 시체 중편

1년 만에 정면으로 얼굴을 마주 보는 의붓여동생은 불쾌한 표정을 짓고 있었다. 일부러 산판에게 편지를 쓰라고 시켜서 불러낼 필요가 사라지고 말았다.

"동생아, 안녕."

"꺼져, 주판 안경."

마오마오는 라한을 보고는 입을 열자말자 폭언을 내뱉었다.

"마오마오야~"

마오마오 옆에는 라칸이 있었다. 라칸은 마오마오에게 덤벼들어 안아 주고 싶었지만, 마오마오가 빗자루로 라칸의 뺨을 찌르며 이 이상 다가오지 못하도록 견제하고 있었다. 어디서 빗자루를 가져왔는지 정말 신기한 일이었다.

"마오마오, 조금만 살살 하면 안 될까?"

"그럼, 나랑 바꿀래?"

"죽어도 싫어."

라한은 거절하고 나서 마오마오와 함께 온 두 명의 다른 인물 쪽을 돌아보았다. 한 명은 류 의관, 궁정 의료 종사자들의 우두머리다. 라한의 작은할아버지인 뤄먼과는 동기이며 까다롭다는 평판이 있는 남자다.

또 한 명은 아직 젊은 남자였다. 중간 키에 적당한 체격, 경박해 보이는 얼굴이었다.

"시체 어디 있어요~?"

묘하게 눈을 반짝거렸으나 그 직후 류 의관에게 주먹으로 얻어맞았다.

"티엔요우, 조용히 해라."

이름은 티엔요우라는 모양이다. 남자의 이름 따윈 별로 관심 없는 정보다.

라한은 귀찮은 것들이 따라왔다고 생각했지만 어쨌든 목표물을 낚았으니 신경 쓰지 않기로 했다. 라칸이 무슨 짓을 저지를 것 같으면 마오마오에게 떠안겨 주면 된다. 동시에 마오마오도 같은 생각을 하고 있음이 분명했다.

"나도 한가하지는 않으니 빨리 시체를 보여 주면 좋겠다만. 낮에 달의 귀인께서 귀국 보고를 하신다는데, 여기서 이렇게 시간을 낭비할 때가 아니야."

류 의관이 조용히 화를 내는 것이 느껴졌다.

서도 원정 보고는 라칸과도 관련 있다. 빨리 해치우고 싶은 마음은 라한도 마찬가지다.

"이쪽입니다."

온소가 안내했다. 쥔지에 소년에게는 자극이 너무 강했으므로 다른 방에서 대기하도록 지시했다. 성실한 아이라서인지 자신이 할 수 있는 일이 뭔가 없을까 물었기에, 라칸이 쓰는 다른 방을 청소해 달라고 부탁했다. 개가 신발을 물어다 모으는 것처럼 라칸이 잡동사니를 모아 놓는 방이었다.

"…미안하지만, 라 일족은 자기 피붙이들에게 지나치게 무른 데가 있는 것 같군."

류 의관이 라칸, 마오마오, 그리고 라한을 바라보았다.

"딸의 응석을 받아 주는 것이 뭐가 문제지?"

라칸은 지극히 자연스럽게 대꾸했다. 이 남자에게 분위기를 파악하라고 아무리 말해 봤자 의미가 없다.

류 의관도 바보는 아니니 라칸에게 무슨 말을 해 봤자 의미가 없다는 사실은 안다. 그래서 못 들은 체하고 집무실로 들어갔다.

"이 녀석입니까?"

천장 대들보에 아직 '향차'가 매달려 있었다. 라한이 아직 내리지 말라고 지시했기 때문이었다.

"이대로는 아무것도 할 수가 없다만?"

류 의관이 눈을 가늘게 떴다. 티엔요우라는 남자는 들떠서 소란을 피웠다.

"오~ 죽었네, 죽었어."

"변사체라더니, 목매단 시체잖아…."

마오마오는 혼자 마음속으로 말한다는 눈치지만 입 밖으로 줄줄 다 새는 경우가 많다. '변사체'라고 말하라고 지시한 이유는, '변사체'는 사인 불명의 시체이기 때문에 독살 가능성도 고려할 수 있기 때문이다. 목매단 시체라고 했다면 마오마오가 전혀 관심을 갖지 않았으리라.

마오마오가 라칸의 집무실 따위를 찾아올 리가 없다. 그렇기 때문에 올 이유를 만들어 줄 필요가 있었다.

"이렇게 목을 매단 시점에서 이미 자살 아냐?"

티엔요우의 정수리에 류 의관의 주먹이 내리꽂혔다.

"조사도 하지 않고, 첫인상만으로 판단하지 마라. 억측은 판단을 그르친다."

류 의관은 마오마오의 작은할아버지 뤄먼과 몹시 비슷한 말을 했다.

"뭔가 자살이 아니라는 증거가 있는 모양이군요. 현장을 유지시킨 것을 보면."

류 의관은 시체를 관찰했다.

"그렇습니다."

라칸을 대신하여 온소가 설명했다. 라한은 이야기를 진행하는 데에는 온소가 적임자라고 생각했기에, 미리 말을 다 맞춰놓았다.

"자살이라고 생각하면 모순이 발생합니다."

"어떤 모순이지?"

류 의관의 질문에 온소가 끈을 꺼냈다.

"이 끈은 이 남자 왕팡王芳의 목 아래로 늘어진 밧줄과 같은 길이로 자른 물건입니다. 이것으로 쓰러진 의자의 위치와 목매단 밧줄의 길이 사이에 모순이 없는지, 정말 목을 매다는 일이 가능한지 어떤지를 조사해 보았습니다."

목을 매달 때, 매달린 위치에 의자를 적어도 1척*은 더 가깝게 가져다놓지 않으면 아무리 발돋움을 해도 목매단 밧줄에 목을 거는 일이 불가능하다는 사실을 알았다.

라한의 눈에는 세계에 숫자가 가득 넘치는 것처럼 보인다. 이 모순은 아름답지 않다.

"의자에서 뛰어내릴 때 발로 걷어차 넘어졌다면 이상하지 않을 것 같은데?"

티엔요우가 의견을 내놓았다.

"등받이를 위로 하고 넘어진 게 이상하지 않습니까? 의자가

※1척 : 약 30센티미터.

반 바퀴 회전하지 않는 한 이런 식으로 쓰러지지 않습니다. 등받이가 있는 방향을 바라보고 목을 매달기란 어렵지요."

라한이 온소를 대신하여 대답했다.

티엔요우라는 남자가 시끄러워서인지 마오마오는 조용했다. 과자를 내미는 라칸에게서 거리를 두면서 수상쩍다는 표정으로 코를 벌름거리고 있었다.

"흠. 시체를 내리지 않은 이유는 이 모습을 내게 확인시키기 위해서였던가?"

"그렇습니다."

"의자 위치도 이동시키지 않았고?"

"구경꾼들을 증인으로 부를까요?"

류 의관은 매사를 확실히 해 두고 싶은 인간인 모양이었다. 의심할 부분은 의심한다. 까다로운 성격이지만 진실을 왜곡할 인물은 아닌 것 같아, 라한은 싫지 않았다.

"그나저나 일부러 류 의관님이 오시다니."

온소 입장에서는 더 낮은 지위의 인간이 오길 바랐던 모양이었다. 애써 억지웃음을 짓느라 오른뺨이 1분* 솟구쳐서 움찔거렸다.

"견습을 보내라는 말이 마음에 걸려서 말이지. 감독관도 필요

....

※1분 : 약 3밀리미터.

하지 않겠나?"

즉, 위장을 못 하게 하려는 배려였다.

"그럼, 시체를 내리도록 할까?"

"알겠습니다."

온소가 하관을 불러 시체를 내리게 했다.

"여러분, 의자에 앉아서 기다려 주십시오."

"네."

티엔요우가 재빨리 긴 의자에 앉았다.

"나는 되었다."

"저도요."

류 의관과 마오마오는 서 있었다. 목매단 밧줄의 중간을 잘라서 시체를 내려야 하는데 꽤나 애를 먹는 모양이었다. '향차', 즉 왕팡은 무관다운 체격으로 체중도 상당히 나가 보였다.

보고서에 따르면 라칸이 처음 왕팡을 발견한 것은 2년 전. 직감이 날카롭고 움직임이 빨라서 등용했다고 한다. 실전에 어울리는 성격으로 라칸이 시험 대신 시킨 일을 문제없이 해냈다. 향상심은 있으나 동시에 욕심이 많다. 그러나 똑바로 감독하면 문제없었겠지만….

라칸이 부재한 사이 망가진 모양이었다.

"겨우 내렸군."

천 위에 눕힌 시체는 솔직히 시선을 돌리고 싶어질 만큼 아름답지 못했다. 살아 있을 때는 윤기 있었을 피부가 창백해지고, 몸에 난 구멍에서 체액이 흘러나왔다.

"티엔요우."

"네에~"

류 의관은 먼저 티엔요우에게 시체를 보라고 시켰다. 마오마오도 티엔요우 뒤에서 시체를 들여다보았다.

"어떻게 생각하지?"

"목에 손톱자국이 남아 있네요. 고통스러워서 밧줄을 벗어 보려고 발버둥 친 흔적이죠."

티엔요우는 의외로 진지한 눈빛이었다. 얼굴 생김새는 경박해 보이지만 그래 봬도 의관은 의관이다. 마오마오도 고개를 끄덕이며 관찰했다.

"고통스러워했네요."

"고통스러워했네."

"목을 매달고 죽으면 당연히 고통스러운 거 아닙니까?"

마오마오와 티엔요우의 대화를 들은 온소가 의아한 표정으로 물었다.

"목을 매달 때 의자를 걷어차면서 힘차게 매달리면 목 관절이 탈구되어 의식을 잃지. 그럴 경우는 발버둥조차 칠 수 없어."

두 사람을 대신하여 류 의관이 설명했다.

"즉, 편하게 죽는다는 말이군요."

"반드시 편하다고 할 수만은 없지. 실패하면 매우 고통스러우니 추천하지는 않아."

류 의관의 말에 온소는 쓴웃음을 지었다.

"옷을 벗기자."

"네."

티엔요우가 시체의 옷을 벗기기 시작했다. 마오마오도 도왔다.

"응? 너도 돕는 거야?"

라한의 기억에 따르면 마오마오는 시체를 만지지 말라는 말을 뤄먼에게 계속 들었을 터였다.

"일이니까. 아버지한테도 허락받았어."

마오마오는 겁먹는 기색 없이 시체의 옷을 벗겨 나갔다. 라한은 아무리 시체라고는 해도 남자의 옷을 홀딱 벗겨 알몸으로 만드는 데 익숙해지는 건 좀 곤란해지지 않을까, 하는 생각이 들었다.

"마오마오, 그런 지지는 만지면 안 된다."

그렇게 말하는 라칸은 과자 부스러기를 질질 흘리고 있었다. 시체 앞에서 용케 뭘 먹는구나 싶어 감탄이 나왔다.

"다리의 시반 색으로 미루어 볼 때 시간이 꽤 지났네. 어느 정도 흐른 것 같아, 냥냥?"

"반나절 이상은 확실히 지난 것으로 보이네요. 하반신의 붉은

색이 상당히 짙습니다."

"응, 살이 딴딴한 걸로 볼 때 16시간 이상 전이 아닐까 싶어."

티엔요우가 시체의 피부를 꼬집었다. 류 의관이 아무 말 없는 것을 보니 잘못된 행위는 아닌 모양이었다.

"오차가 있다 해도 저녁 무렵부터 밤까지라고 볼 수 있겠군요."

라한이 안경을 만지작거렸다. 이 죽은 남자는 진작 일이 끝난 늦은 시각에 대체 뭘 하고 있었을까?

"사인이 목을 매단 일이라는 건 분명하고."

"네."

이 말에도 류 의관은 아무 말이 없었다.

"자살인지 타살인지 확실히 가릴 수 있겠습니까?"

"거기까지는 몰라. 방금 말한 대로, 의자의 위치로 미루어 볼 때 타살 방향으로 생각하고 싶지만 단언할 정도까지는 아니라고나 할까~"

온소의 질문에 티엔요우가 대답하고 류 의관이 고개를 끄덕였다. 마오마오는 눈을 가늘게 뜨며 천장 대들보를 바라보았다.

"왜 그러니, 동생아?"

"……."

마오마오는 아무 말 없이 라한의 발가락을 밟았으나, 안타깝게도 신발 끝에 완충재를 채워 넣은 덕분에 밟히는 충격을 완화

시켜 놓은 상태였다.

"왜 그러니?"

라한은 마오마오에게 다시 한번 물었다.

"들보에 남아 있는 밧줄 말인데, 마치 올가미처럼 동그랗게 말아서 묶은 것 같다고 생각했을 뿐이야. 저거라면 사다리를 굳이 가져올 필요가 없으니까."

"올가미?"

"직접 보는 편이 빠른데."

마오마오가 류 의관을 흘끗 쳐다보았다. 제멋대로 행동하면 감독에게 야단을 맞으니 확인받고 싶은 모양이었다.

"그럼, 보여 주십시오. 뭔가 필요한 물건이 있습니까?"

옆에서 이야기를 듣던 온소가 허락했다.

"목을 매다는 데 사용한 것과 같은 밧줄, 그리고 그걸로 묶을 수 있을 만한 무거운 돌요."

마오마오는 라한의 말은 듣지 않으나 온소의 이야기는 비교적 고분고분 듣는다. 마오마오 스스로 알고 있는지 어떤지는 모르겠지만 뤄먼의 영향 때문인지 고생 체질인 사람을 좋아하는 경향이 있었다.

"그럼, 실례하겠습니다."

마오마오는 밧줄을 들고서 먼저 돌에 둘러서 묶은 뒤, 그것을 대들보와 천장 사이를 향해 던졌다.

"이걸 어떻게 기둥에 묶으려는 거니?"

"대들보에 남은 밧줄의 매듭을 보면 바로 알 수 있어. 이렇게…."

마오마오는 밧줄의 한쪽 끝을 살짝 묶어서 원을 만들고, 반대편 끝을 그 원 속으로 통과시켰다.

"이 밧줄을 잡아당기면."

밧줄이 대들보에 꽁꽁 묶였다.

"그런 거였구나."

"뭐가 그런 거였다는 얘기지?"

"아니, 타살이라면 어떻게 죽였을지 계속 생각하고 있었거든."

상대는 체격이 건장한 무관이다. 그리 쉽게 목을 졸라 죽일 수 있을 리 없다. 하지만 천장 대들보에 매단다면 어떨까? 완력이 목을 조를 때보다 훨씬 약해도 충분히 가능할 것이다.

"대들보에 매닮으로써 목을 조른다. 이거라면 힘이 별로 없어도 죽일 수 있겠지."

뒤에 남은 흔적도, 목매단 자살과 다를 바 없고 말이다.

"뭐, 그렇지. 하지만 나 정도 덩치로는 불가능해."

마오마오가 들고 있던 밧줄을 잡아당겼다. 마오마오의 체중은 살해당한 무관의 반도 안 되리라.

"그건 그래. 남자인 나도 어려울 거야. 상대는 건장한 무관이니까. 체중도 무겁지. 아버님이 가리키신 범인은 아무리 봐도 무관을 죽일 수 있는 인간으로는 보이지 않았어."

라한은 라칸이 구경꾼들 중 누구를 바라보고 있었는지 떠올렸다.

"범인이라니, 저 아저씨는 벌써 범인이 누군지 알아낸 거야?"

마오마오가 실눈을 뜨고 물었다.

"응, 아빠는 바로 알았단다."

"켁!"

라칸은 어느 틈엔가 마오마오의 옆에 와 있었다. 마오마오가 재빨리 거리를 두었다.

"이거라도 먹고 있어요."

마오마오는 간신히 존대를 쓰기는 했지만 근처에 있던 과자를 덥석 집어 들더니 마치 개에게 먹이를 주는 것처럼 집어던졌다. 그리고 라칸은 그 집어던진 과자를 쫓아갔다.

"음식을 함부로 다루지 마."

"아저씨가 다 먹을 거잖아."

방해꾼이 사라졌다는 듯 마오마오는 손을 탁탁 털어 과자 부스러기를 털어 냈다. 류 의관은 뭔가 하고 싶은 말이 있는 눈치로 마오마오를 쳐다보았지만 라칸의 역성을 들어 주기 싫은지 못 본 체했다.

"그래서, 범인이 누군지 알고 있으면서 의관을 불렀단 말이야?"

"범인은 알아도 아버님한테는 범행 동기와 살해 방법, 그리고 증거 같은 게 없잖아. 뭐, 살해 방법은 알아냈으니 이제 동기인가?"

"동기라."

마오마오는 긴 의자 쪽을 흘끔 쳐다보았다.

"알아?"

"대충."

"가르쳐 줄래, 동생아?"

만일 라칸의 부하가 배신자를 살해하라고 지시했다면 여러 가지로 문제가 생긴다. 가능한 한 조용히 해결하고 싶다.

"말하기 싫은데."

"말 안 하면 달의 귀인께 보고하는 게 늦어져서 동석할 수 없어."

마오마오는 싫은 표정을 지으며 입을 열었다.

"별로 깊이 생각할 만한 동기도 아냐. 어차피 범인은 '여자'잖아?"

"용케 알았네."

라한은 감탄했다. 라칸은 '하얀 바둑돌'이라고 말했다. 라칸 입장에서 기본적으로 '하얀 바둑돌'은 여자, '검은 바둑돌'은 남자를 가리키는 말이다. 마오마오는 쿵 하고 코를 훌쩍였다.

"굳이 꼬아 볼 것도 없어. 살해당한 피해자는 남자, 범인은 여자."

"그런 거야?"

"그런 거."

마오마오는 어이가 없다는 표정으로 홀딱 벗겨진 시체를 내려다보았다. 유곽에서 자란 마오마오에게 남녀 간의 치정 문제는 지겨운 화제였다.

"알았으면 바로 가르쳐 주지."

라한은 동기를 알면서도 말하지 않았던 동생에게 약간 짜증이 났다. 하지만 마오마오의 행동 기준도 이해가 되었다.

마오마오를 키워 준 뤄먼은 애매한 추리를 꺼렸다. 마오마오에게도 늘 추측만으로 경솔하게 말하지 말라고 가르쳤다. 약자가 함부로 무슨 말을 내뱉었다가는 재난을 당하기 십상이기 때문이리라.

"어디, 그럼 내가 널 대신해서 사람들 앞에서 설명할까?"

마오마오가 무슨 말을 하고 싶은지는, 범인이 여자라는 말로 대략 예상이 가능했다.

"…아니, 내가 할래."

"응?"

마오마오의 그 말에 라한은 무슨 일일까, 하고 고개를 갸웃했다. 예전 같았으면 그렇게 직접 나서지 않고 다른 누군가에게 맡겼을 텐데.

"네 심경에 무슨 변화가 일어났다는 건 알고 있지만 이번엔 그만두자. 내가 이야기하는 게 나아. 설명해 주겠니?"

"…알았어. 하지만 확인하고 싶은 게 있어."

"뭔데?"

"범인은 어떤 여자였지?"

"글쎄, 어떤 여자였더라."

라한은 구경꾼들 속에 있던 여성들을 떠올렸다.

"세 명이었는데 셋 중 누구인지는 몰라."

"세 명이라."

마오마오는 천장 대들보를 올려다보았다.

"라한이라면, 여자가 덩치 큰 무관을 목매달아 자살한 것으로 위장하는 게 불가능하다는 사실은 알겠지?"

"뭐, 그렇지. 말하는 걸 들어 보니 여자가 직접 살해하는 건 무리였다는 뜻이니?"

범인과 피해자의 체중 차이는 2배 가까이 되리라.

"그럼 어떻게 해야 불가능하지 않게 되는가, 그 부분에 아까 상상했던 동기를 넣어 보니 자연스럽게 나오던데. 여자 혼자서 무리라면, 어떻게 하면 될까?"

"여자 혼자가 아니라면…. 아아, 그런 거였군."

라한은 그렇구나, 하고 손뼉을 쳤다. 지극히 간단한 일이었다.

마오마오는 그 이상 아무 말도 하지 않고 라한에게 등을 돌렸다. 상사인 류 의관이 빤히 쳐다보고 있어서인지도 모른다. 류 의관은 마오마오를 감시할 뿐만 아니라 흥미진진하게 시체를 뜯어보는 티엔요우를 막는 역할도 하고 있었다. 손이 많이 가는 부하들 때문에 고생이 많다.

참고로 라칸은 마오마오가 던진 과자를 먹으며 긴 의자에 누워 있었다. 슬슬 낮잠 시간이다. 라한은 다소 복잡한 눈빛으로 라칸을 바라보았다.

"온소 공."

라한은 라칸의 부관을 불렀다.

"방금 전 구경꾼으로 이 자리에 있었던 세 명의 여성을 불러다 줄 수 있겠습니까?"

"바로 부르겠습니다."

"잘 부탁드립니다."

태양 위치를 확인하니 점심때까지는 대략 시간을 맞출 수 있을 듯했다.

라한은 눈을 가늘게 뜨며, 조금 무거운 기분이 들었다.

약사의 혼잣말

4 화 ： 라한과 목 매단 시체 후편

불려 온 세 명의 여성은 올해 시험을 치르고 합격한 신입 관녀들이었다. 집안은 평범했는데, 두 명은 관료의 딸이고 나머지 한 명은 상인의 딸이었다.

모두들 하나같이 아름다운 여성이라고 라한은 생각했다.

일단 형부 관리도 함께 불렀다. 라칸이 소속되어 있는 병부와 그리 사이가 좋지는 않지만, 그렇다고 굳이 싸움을 걸지도 않는다. 와서 처음부터 끝까지 지켜봐 달라고 미리 전달해 놓았다.

"저, 저기, 저희는 왜 불려 온 건가요?"

관녀 일−의 눈썹이 1분[*] 처졌다. 지방 관료의 딸로, 지금은 친척집에 신세를 지고 있다고 간이 보고서에 적혀 있었다. 아름다운 검은 머리의 미인이었다.

......

※1분 : 3밀리미터.

"그렇지 않아도 무서운 일이 있었던 방으로 부르다니. 설마 저희 보고 시체를 치우라는 말인가요?"

관녀 이二가 떨면서 말했다. 도성에서 자란 거상의 딸로, 마찬가지로 아름다운 검은 머리의 미인이다.

"빠, 빨리 돌아가고 싶은데요."

관녀 삼三은 눈을 내리깐 채 떨고 있었다. 관료의 막내딸이며 역시 검은 머리 미인이다.

얼굴 생김생김은 각자 다르지만 뒷모습은 매우 비슷했다.

"이래서는 사망 추정 시각의 목격자를 찾아도 판별하기 어렵겠군요."

온소가 팔짱을 꼈다.

이러니저러니 해도 류 의관을 포함한 의료 관계자 세 명도 아직 남아 있다.

"이 중의 누가 범인이란 말입니까?"

온소가 라칸을 돌아보았으나 라칸은 낮잠을 자는 중이었다. 게다가 만일 라칸이 범인을 지목한다 해도 납득이 가는 동기와 살해 방법을 모르면 사건이 성립되지 않는다. 무리해서 만들어 낸 증거로 몰아붙이는 것은, 라한 입장에서 아름답지 않은 이야기였다.

"세 분은 용의자로 불려 왔다는 사실에 불만이 있는 모양이군요."

라한으로서는 아름다운 여성들에게 정중한 태도를 취하고 싶었다. 동시에 그 내면에도 외면과 어울리는 아름다움이 깃들어 있기를 바랐다.

"그래요, 맞아요. 이건 자살이잖아요? 왜 우리가 죽였다는 거죠?"

관녀 일이 주장했다.

"죽이다니, 저렇게 덩치 큰 사람을?"

관녀 삼이 주장했다.

"무엇보다 언제 죽었는데요? 어제라면, 제가 집에 있었다는 사실을 증명할까요?"

관녀 이가 주장했다.

"여러분의 말씀 모두 지극히 정당하게 들립니다만."

라한은 미소가 끊이지 않는 얼굴로 세 사람을 바라보았다.

"자살이라고 보기에는 수상한 점이 여러 개 있습니다. 그것은 현장의 상황 및 시체의 손상 등을 통해 알 수 있었습니다. 그리고 가족과 친밀한 사람에 의한 현장 부재 증명*은 인정받지 않는다는 점을 말씀드리도록 하겠습니다."

관녀 셋의 얼굴이 일그러졌다.

"무엇보다 여러분에게는 이 남자를 죽일 동기가 있지 않습니

※현장 부재 증명 : 알리바이.

까?"

라한은 천을 씌운 왕팡의 시체를 가리켰다.

"이 남자는 향상심이 강한 동시에 욕심이 많아, 자기 취향의 여성을 보면 유혹하지 않고는 견딜 수가 없었다는군요. 이 남자 왕팡이 세 분께 말을 거는 모습을 관리 몇 명이 목격했다고 합니다."

"…하기야, 치근덕거린 적이 한두 번은 아니었죠."

후우 하고 한숨을 내쉬며 관녀 이가 대답했다.

"하지만 다른 남자분들도 그런 식으로 말을 붙이곤 했어요. 부끄럽지만 관녀란 일종의 신부 수업으로 출사하는 일이 많다는 사실을 알고는 계시죠?"

관녀 이는 상인의 딸이라 그런지 성격이 만만찮아 보였다. 라한 입장에서는 그리 싫지는 않은 부류의 여성이었다.

"네. 하지만 아무리 그래도 부재중인 상관의 집무실을 밀회 장소로 선택하는 일은 그리 바람직하지 않을 텐데요."

라한의 말에 세 관녀가 각각 얼굴을 붉혔다. 결국 그런 일이 었던가 보다.

"무슨 말씀을 하시는 걸까요?"

"제 가족 중 그야말로 고양이처럼 냄새를 잘 맡는 자가 있어서 말이지요. 이 집무실 주인이 애용하는 긴 의자에 들러붙은 독특한 냄새를 알아차렸다고 합니다."

라한은 잘 모르지만 코가 민감한 자는 바로 알 수 있는 모양이었다. 특히 마오마오는 창관 출신이니 더욱 예민하리라.

　즉, 지금 라칸이 자고 있는 저 긴 의자는 밀회를 할 때 남녀가 몸을 섞는 용도로 사용되었다는 말이 된다. 라칸이 워낙 긴 의자에 집착하는 인간이다 보니, 누우면 그야말로 편안하기 그지없었으리라.

　"이 집무실은 최소한의 청소가 되어 있었습니다만, 아무리 봐도 긴 의자 주위만 지나치게 깨끗한 것 같더군요. 증거를 남기지 않기 위해 깨끗이 닦았겠지만 짐승 같은 후각의 소유자가 있었던 바람에 금방 들켰습니다."

　마오마오가 노려보고 있었다. 그 옆에서는 티엔요우가 "아~ 괜히 앉았네~!" 하고 투덜거렸다. 참고로 남녀의 교합 장소로 사용되었던 긴 의자에 누운 라칸은 일어날 기색도 없었다.

　"…마, 만일 밀회 장소로 사용했다 하더라도, 그게 꼭 저희라는 보장은 없잖아요?"

　관녀 일이 조심스럽게 물었다.

　"그렇지요…라고 말하고 싶습니다만."

　라한을 대신하여 온소가 앞으로 나섰다.

　"이곳은 라칸 님의 집무실입니다. 라칸 님이 서도로 떠나기 전에는, 관녀 중 그 누구도 이곳에 다가오는 사람이 없었습니다. 왜냐하면 라칸 님에 대해 잘 알고 있었기 때문이지요."

라칸이라는 남자는 너무나 어처구니없는 짓거리를 저지를 수 있다. 그래서 다른 관리들은 물론 관녀들도 다가오지 않는다. 제 발로 화약고에 뛰어들려는 인간은 없다.

예전에는 라칸을 얕보던 자들도 많았다. 명문 집안의 맏아들로 태어났지만 모자란 인간이라는 낙인이 찍혀 있었기 때문이었다. 라칸 입장에서는 장기와 바둑만 있으면 충분했기 때문에 무슨 험한 말을 들어도 신경 쓰지 않았다.

하지만 딱 한 번, 권력이 필요하다고 느꼈던 라칸은 방해된다고 생각하는 자들의 숨통을 철저하게 끊어 놓았다.

군부의 여우에겐 손대지 마라, 그 이전에 다가가지 마라, 라는 불문율이 생겨날 정도로.

"하지만 라칸 님은 1년 전부터 자리를 비우셨지요. 라칸 님을 모르는 관녀라면 밀회 장소로 쓰기에 그리 이상하지 않다고 생각할 수도 있지 않았겠습니까?"

온소의 말이 맞다. 이 세 사람은 모두 1년 이내에 관녀가 된 자들로, 라칸을 잘 모른다. 그리고 라칸에게 접근하지 말라는 불문율을 알고 있어도 아마 와닿지 않았으리라. 그렇지 않고서야 고작 구경꾼 근성 때문에 라칸의 집무실 근처에 모여들겠다는 생각을 하지 않을 테니 말이다. 이 세 명 외의 다른 관녀들은 아무도 오지 않았다.

"그럼, 치정 문제 때문에 죽었다는 견해인가 보군요. 하지만 저를 포함하여 세 명 중 도대체 누가, 하나같이 가느다란 팔로 어떻게 이 남자를 자살로 위장해서 죽였다는 말인가요?"

관녀 이의 발언에 관녀 일과 삼이 동의하며 고개를 끄덕였다.

"네, 그래서 그 실제 상황을 재현해 볼까 합니다."

라한은 마오마오에게 손짓했다. 마오마오는 진심으로 싫다는 표정을 지었다. 라한은 할 수 없이 마오마오 앞으로 다가갔다.

"잠깐만 도와주지 않을래?"

"제 일은 어디까지나 의관님들의 보조일 뿐입니다. 다른 보조를 하라는 말씀이신가요?"

마오마오는 일부러 그러는 것처럼 뻣뻣하게 읊었다.

"여자의 가느다란 팔이라고 하니까 네가 직접 해 주는 편이 신빙성이 올라갈 것 같아서."

"무슨 말씀이신가요. 햇빛을 한 번도 본 적 없는 듯한 라한님의 그 하얀 피부와, 붓보다 무거운 것을 든 적 없어 보이는 우아한 팔이 있지 않나요?"

마오마오와 라한은 서로를 노려보았다.

"냥냥, 협력해 줘~"

"빨리 하지 않으면 끝이 안 난다. 도와주거라."

마오마오는 티엔요우를 노려보았으나, 류 의관의 말에 할 수 없다는 듯 혀를 찼다.

"알겠습니다."

"일단 아까 했던 것처럼 밧줄을 천장 대들보에 묶어 줘."

"네에, 네에."

마오마오는 작은 소리라면 주위에 들리지 않을 거라고 생각하는지 꽤나 건방진 태도였다.

"자, 밧줄."

"네에, 네에."

마오마오는 밧줄을 던져서 대들보에서 늘어지도록 묶었다. 그리고 밧줄 끝으로 목을 매달 수 있도록 원을 만들었다.

"그 밧줄로 저 덩치 큰 남자분을 매단다고요?"

관녀 이가 후우, 하고 한숨을 내쉬었다.

"네. 하지만 이것만으로 매달긴 어렵습니다. 이때 밧줄이 하나 더 필요합니다."

라한은 밧줄 하나를 추가로 마오마오에게 건넸다. 마오마오는 마찬가지로 밧줄이 대들보를 통과하게끔 던졌다.

이 두 번째 밧줄은 대들보에 묶지 않고 자유롭게 끌어당길 수 있도록 해 놓는다. 그리고….

"이 밧줄 끝으로도 원을 만들고, 죽이고 싶은 상대의 목에 겁니다, 잠깐! 마오마오! 아버님 목에 걸지 마, 거긴 안 돼!"

마오마오는 자고 있는 라칸의 목에 원을 걸려 했다. 아버지를 싫어하는 건 어쩔 수 없지만 죽이는 건 곤란하다.

"냥냥, 마침 딱 좋은 게 여기 있어!"

이번에는 티엔요우가 천으로 덮은 시체를 끌어오려 했다. 이것은 류 의관이 티엔요우의 정수리에 주먹을 내리침으로써 막았다.

라한은 류 의관의 존재가 실로 든든하게 느껴졌다.

"이걸 쓰십시오."

온소가 모래주머니를 가져왔다. 잘록하게 들어간 부분을 목이라 치고, 거기에 밧줄을 걸면 딱 좋다.

천장의 대들보는 통나무를 가공하지 않고 그대로 사용한 덕분에 도르래처럼 밧줄을 매끈하게 잡아당길 수 있었다.

그러나….

"꼼짝도 안 하는데요?"

관녀 이가 웃었다.

의붓여동생 마오마오는 힘이 없다. 모래주머니는 살해당한 무관의 무게에 맞춰, 마오마오의 체중 2배 정도로 설정해 놓았다. 만일 이것이 실제 움직도르래였다면 무게가 도르래 개수만큼 가벼워져, 마오마오도 모래주머니를 들어 올릴 수 있었으리라. 하지만 고정된 대들보는 고정된 도르래 역할밖에 할 수 없으므로 들어 올리는 무게는 변하지 않는다.

마오마오는 최선을 다해 밧줄을 끌어당겼으나 반대로 몸이 공중에 뜰 지경이었다.

"그렇군요. 그럼, 저도 돕도록 하지요."

라한이 마오마오와 함께 온 힘을 다해 자신의 체중으로 밧줄을 끌어당겼다.

"이, 런 무, 모한 짓을, 시키, 다니."

"좀, 참, 아."

"도움이, 안 되네. 안, 뜨잖아."

"시끄러워!"

서로 얄미운 소리를 주고받다 보니 모래주머니가 차츰 떠올랐다.

"후우, 후우!"

"허억, 허억!"

십수 초 들어 올린 후, 두 사람의 힘이 다 빠지자 모래주머니가 쿵 떨어졌다.

라한과 마오마오는 숨을 헉헉 몰아쉬며 바닥에 벌렁 나자빠졌다. 원래는 힘쓰는 일을 하고 싶지 않았지만, 이 중에서 제일 설득력 있는 인선이 라한이니 어쩔 수 없었다.

"시, 시체의 목에는 손으로 밧줄을 풀려고 긁은 흔적이 있었습니다. 의자에서 뛰어내려 눈 깜짝할 사이 목이 졸리면 이렇게 되진 않지요."

라한의 설명에 세 관녀의 얼굴이 굳어졌다.

"혼자는 힘들어도, 둘이서는 가능하죠?"

라칸은 '하얀 바둑돌'을 가리켰다. 어떤 '하얀 바둑돌'인지는 말하지 않았다.

즉, '하얀 바둑돌'이 꼭 한 개라고는 할 수 없었던 것이다.

"두 분이 했는데도 그렇게 숨이 가빠질 정도잖아요. 죽이는 건 가능해도, 매달아 놓는 건 불가능하지 않겠어요?"

얼굴이 굳어진 채로도 반론한 사람은 관녀 이였다.

"맞는 말씀입니다. 둘이서 간신히 매달아 올리는 데까지는 성공했지만, 목매단 자살 시체로 위장하는 건 어렵죠. 그야말로, 세 명째가 없으면…."

관녀들의 표정이 더욱 굳어졌다.

라한은 마오마오를 간신히 달래 다시 한번 둘이서 함께 모래주머니를 들어 올렸다. 그리고 그것이 미리 설치해 놓았던 목매단 밧줄의 원 부분 위까지 올라오자, 온소가 의자에 올라가 모래주머니를 그 원 부분에 걸었다.

그리고 모래주머니를 매달았던 두 번째 밧줄을 자름으로써 모래주머니는 대들보에 매달릴 수 있었다.

"이렇게 된 겁니다. 저는 한 번도 범인이 한 명이라고 말한 적 없습니다. 세 명 모두 공범이었던 거지요."

라한의 말에 관녀 셋은 각각 넋이 나가고, 울음을 터뜨리고, 화풀이하듯 바닥을 굴러 댔다.

세 관녀들은 한바탕 날뛴 후 마치 씌었던 무언가가 떨어져 나가기라도 한 듯 얌전하게 혐의를 인정했다.

세 사람은 올해 함께 배속되면서 친해진 사이였다. 선배 관녀들과 잘 맞지 않았기 때문인지 동료 의식이 강해, 같은 세발료 洗髮料를 쓸 정도로 사이가 좋았다. 세 사람 다 검은 머리가 아름다운 이유는 그것 때문이었는지도 모른다.

세 사람 모두 본가에서 좋은 남편감을 찾아내라는 말을 들으며 지냈고, 그때 만난 상대가 왕팡이었다.

왕팡은 셋에게 따로따로 접근했다. 그 뒤는 상상에 맡긴다.

왕팡은 자기가 잘 하고 있다고 생각한 모양이었으나 여자의 감은 예리하다. 세 다리를 걸쳤다는 사실이 드러나고 말았다.

바람피운 사실이 발각되었을 경우 여자의 증오는 여자를 향한다고들 한다. 그러나 이미 친해진 세 사람에게 손을 댔기 때문에, 증오는 왕팡 한 명을 향했다.

이리하여 세 사람은 공모해서 살인 계획을 세웠다. 라칸이 돌아올 것을 미리 예상하고, 등청하기 전날 그 방으로 불러냈던 것이다.

평소 밀회하던 것처럼 한 명을 긴 의자에 눕히고 왕팡이 등을 보였을 때, 숨어 있던 두 사람이 왕팡의 목에 밧줄을 걸고 잡아당겼으리라.

"여성은 역시나 무섭군."

라한은 크게 한숨을 내쉬었다. 더 잘 해냈으면 좋았을 텐데.

놀이는 놀이라고 구분 짓고 편하게 놀 수 있는 성인 여성을 선택했으면 좋았을 텐데.

집무실에는 아직도 낮잠을 자는 라칸, 그리고 라한과 온소만 남아 있었다.

의료진은 돌아가고 관녀들은 형부의 관리들이 연행해 갔다. 시체는 아직 방 한구석에 굴러다니고 있어, 쥔지에 소년에게는 계속 옆방 청소를 하라고 시켜 놓았다.

"그나저나 왕팡이 살해당한 이유가 치정 문제 때문이었을 줄이야. 저는 또 다른 문제가 있는 줄 알았는데 말이죠."

온소는 휴우 하고 한숨을 내쉬며 라칸의 갈아입을 옷을 준비했다. 주상을 만나기 전, 불 인두로 깔끔하게 다려 놓은 옷으로 갈아입히려는 모양이었다.

"아니, 꼭 그렇지만은 않을지도 모릅니다."

라한은 세 관녀들의 이력서를 훑어보았다. 라한의 머릿속에는 그 이력들 사이에 뭔가 일치하는 숫자가 보였다.

"뭔가 또 있단 말입니까?"

"있으면 곤란하니 조사해 봐야겠지만요."

라한은 스스로 그렇게 말하면서 후회했다. 이래서는 하루가 꼬박 날아가고 만다. 하지만 그 또한 예상 범위 안의 일이었으니 어쩔 수 없었다.

　무릎을 꿇은 두툼한 융단에는 용무늬가 수놓아져 있었고, 그 양옆에는 마찬가지로 용이 조각된 기둥이 있다. 융단 양옆으로 고관들이 늘어서서 진시 및 서도 귀환자들을 지켜보고 있었다.

　진시는 그 자리에서 고개를 숙였다.

　"고개를 들라."

　진시가 고개를 들자 옥좌에는 오랜만에 보는 주상이 앉아 있었다.

　"긴 여행에 피곤할 텐데, 몸은 건강한가?"

　"그리 말씀해 주시니 감사할 따름입니다."

　본래 진시는 서도에서 중앙으로 돌아오자마자 바로 주상에게 귀환을 보고했어야 했다. 하지만 주상의 배려 덕분에 다음 날로 넘어가게 되어 지금에 이른다. 게다가 늦은 오후로 시간이 지정된 것 역시 노고를 치하하기보다는, 또 한 명의 보고자에 대한 배려이리라.

진시의 대각선 뒤쪽에는 졸린 얼굴의 라칸이 있었다. 이 자리에서 하품을 하는 무례한 작자는 이자 외에 없다.

"즈이게츠, 좀 야윈 것 같구나."

주상은 동궁 시절 태양의 귀인, 낮의 귀인이라 불렸다. 진시가 달의 귀인이라 불리게 된 것도 거기에 대비되었기 때문이었다. 이 나라에서 유일하게 진시의 본명을 부를 수 있는 인물이다.

"그렇게까지 달라지진 않았습니다."

부정하지는 않는다. 5공근*은 빠졌으나, 숫자까지 보고할 필요는 없다.

진시는 자신의 체중보다 황제의 머리에 섞인 새치가 더 마음에 걸렸다. 물을 들여 감추지도 않고 그대로 내버려 둔 것을 보니, 황제가 아무것도 하지 말라고 말한 모양이었다.

진시는 이제 아무런 통증도 느껴지지 않을 옆구리 화상 흉터가 욱신거리는 기분이었다.

황제의 업무에는 원래도 수많은 고민의 씨앗이 다종다양하게 섞여 있다. 하지만 진시가 서도에 가기 전에 저지른 일은 주상에게 매우 커다란 고민이 되었음이 틀림없다.

※5공근(公斤) : 5킬로그램.

늘어난 새치 중 몇 가닥은 자신의 책임일지도 모른다고 생각하니 죄책감을 느끼지 않고는 견딜 수가 없었지만, 후회는 없다.

황제의 양옆에는 중진들이 있었다. 예전에 시쇼가 있던 자리에는 교쿠엔이 서 있다.

즉위 후 10년이 지난 지금, 중진들의 면면은 꽤나 달라졌다.

"카즈이게츠가 주상을 뵈옵고 삼가 보고드리옵니다."

진시는 정신을 바짝 차리고 보고를 시작했다.

진시가 자신의 본명을 말할 수 있는 상대 또한 황제뿐이다.

이미 보고서는 황제의 손에 건너갔기 때문에 진시는 요 1년간 술서주에서 있었던 일들을 간략하게 줄여서 설명했다.

흘끗 쳐다본 교쿠엔의 표정에는 변화가 없었으나, 아들의 죽음에 대해 느끼는 바가 있으리라.

"많은 고생을 시켰구나."

익숙한 주상의 낮은 목소리였다. 예전 같았으면, 무슨 보고를 한 날이면 밤에 불려 가는 일이 많았다. 술과 안주를 놓고 자세한 이야기를 나누는 시간을 갖곤 했는데 오늘 밤은 과연 어떨지.

지극히 간단한 보고를 마치고, 뒤에 있는 라칸이 무슨 짓을 저지르기 전에 퇴실할 예정이었다.

요 1년 사이 다양한 일들이 있었으나 막상 보고하려 드니 몇

줄로 끝났다. 막힘없이 보고 내용을 늘어놓고, 딱히 별문제 없으면 나갈 예정이었으나….

"그렇지, 즈이게츠."

보고를 마쳤을 무렵 황제가 입을 열었다.

"오랜만에 함께 후궁에 가지 않겠느냐?"

진시 입장에서는 말도 안 되는 권유였다. 주위의 중진들이 술렁였다.

진시가 환관 '진시'로서 후궁에 들어갔던 일은 알려진 사실이지만 암묵적인 인식이 있어, 아무도 그 일을 입 밖에 꺼내지는 않았다. 어처구니없는 장난에 걸려든 기분이었다.

여기서 진시가 내놓아야 할 정답은 '농담을 하시는군요'겠지만, 정말로 7년이나 환관 노릇을 했던 입장인지라 대답하기가 어려웠다.

"…노…."

"농담이다. 아직 피곤할 테니, 내일까지 푹 쉬도록 하여라."

황제는 진시의 대답을 기다리지 않았다.

진시는 안도함과 동시에, 주상이 여전히 만만찮은 사람이라는 사실을 통감했다.

그 후, 다른 몇 명도 보고를 마치고 알현이 끝났다.

진시의 뒤에 있던 라칸은 꾸벅꾸벅 졸지는 않았지만 끝나자

마자 거의 뛰쳐나가다시피 옥좌의 방을 나갔다.

진시는 안도하면서 복도를 걸어갔다. 뒤에는 바센과 호위 몇명이 따라왔다. 바료도 알현 때 같이 있기는 했지만, 수많은 사람들에게 둘러싸여 거의 기절할 뻔했기 때문에 일찌감치 방으로 돌려보냈다.

"푹 쉬도록 하란 말이지."

주상에게 인사를 마친 후 어머니인 황태후, 그리고 동궁, 교쿠요 황후에게도 인사하러 가야 한다.

그 후에는 푹 쉴 수 있을 것이다. 배 여행을 하면서 서류 운운하는 것들은 전부 해치워 놓은 덕분에 며칠간은 휴식을 취할 수 있으리라.

"달의 귀인이시여, 방으로 돌아가시렵니까?"

"황태후를 비롯하여 이곳저곳에 인사를 다 마치고 나면. 그런데 사람을 좀 불러 줬으면 하는데."

"누굴 말씀이시죠?"

"마오마오를 불러다 줄 수 있겠느냐?"

진시는 조금 쑥스러워하며 그렇게 말했다. 라칸은 이미 사라진 지 오래였고, 그 귀에 들어가지 않으리라는 사실을 확인한 후 내뱉은 발언이었다.

진시의 착각이 아니라면 마오마오는 진시에게 호의를 갖고 있을 터였다. 그렇지 않고서야 얌전히 진시와 입맞춤 같은 걸

할 리가 없다…고 믿고 싶다. 상대가 오랜 시간 능구렁이처럼 계속 도망쳐 다녔단 만큼 쉽게 믿어지지가 않았다.

배에서는 라칸도 있고, 또 주위에 사람들이 많았기 때문에 사이를 진전시키기가 쉽지 않았다. 그런 후 돌아왔으니 조금은 깊은 사이가 되어도 천벌받을 일은 없겠지.

"그 소녀를… 말씀이십니까?"

바센이 고개를 갸웃거렸다.

"뭐지? 무슨 일이 있나?"

바센은 여러모로 둔한 자이기 때문에 진시의 곁에 마오마오를 부르는 일을 망설이는 것도 이해가 된다. 하지만 앞으로를 위해서는 익숙해지는 편이 좋을 것이다.

"아뇨, 의관들은 오늘부터 바로 일을 시작했기 때문에 그 소녀도 아마 일하러 갔을 겁니다. 지금 당장 불러 올까요?"

"……?!"

"달의 귀인이시여, 그 놀람과 의문이 떠오른 표정은 대체 무엇을 의미하십니까?"

"아니, 바센치고는 꽤 적확한 말을 하기에."

진시의 말에 바센은 얼굴을 찡그렸다.

"아버님이 마오마오를 부를 일도 있을 거라고 주의를 주고 가셨습니다."

바센의 부친 가오슌은 주상 직속으로 돌아갔다. 그랬군, 하고 진시는 고속으로 고개를 끄덕였다.

가오슌의 말이라면 단순히 마오마오를 걱정하는 것 외에 다른 의도가 숨겨져 있을지도 모른다.

"부를까요?"

"…아니, 됐다. 그만두지."

그래, 그랬지, 하고 진시는 생각했다. 진시는 주상에게서 쉬라는 말을 직접 들었기 때문에 쉴 수 있지만 다른 자들은 그렇지도 않다. 그럼, 일이 끝난 후에 부를까 싶었으나 업무 복귀 첫날부터 불러내기도 망설여졌다.

신분이 높은 인간의 명령이므로 거부할 수 없겠지만 피곤해 죽겠는데 무슨 짓이냐며 실눈을 뜨고 쳐다볼 게 뻔하다. 그 또한 나쁘지는 않지만, 자신의 욕망만을 전면에 내세우기도 꺼려졌다.

진시는 자신에게 체면이란 게 있다는 사실을 잊어서는 안 되는 인간이다.

"흠. 그렇다면 마메이는 부를 수 있겠느냐?"

"누님이라면 아무 문제없습니다."

바센의 누나 마메이는 중앙에 남아 있었다. 유능한 마메이라면 진시가 없었던 중앙에서의 1년간을 소상히 가르쳐 줄 수 있을 터였다.

1년 만에 만났지만 황태후는 변함이 없어 보였다.

"무척 야위었구나."

오히려 황태후가 진시의 변한 모습에 놀랐다.

"여러 일이 있었습니다."

재미있게도 주상과 같은 말을 한다. 그렇게 퀭해 보이는 모습일까.

"이다음엔 교쿠요 황후의 궁에도 가는 것이냐?"

"네. 동궁과 공주에게도 인사해야 하니까요."

황태후와는 가벼운 인사로 끝냈다. 진시의 모친이기는 하지만 환관으로서 후궁에 들어온 후로 왠지 모르게 소원해졌다. 조금 더 이야기를 하는 편이 좋을 것 같지만 그것도 통 쉽지가 않다.

진시는 황태후에게 비밀로 하고 이것저것 저지른 일이 많기 때문에 이걸 한 번은 제대로 이야기를 할 필요가 있을지, 아니면 무덤까지 가져가야 할지 고민이 되기는 했다.

다음으로는 교쿠요 황후의 궁으로 향했다. 전에 비해 교쿠요 황후의 종자들은 제법 늘었다. 호위는 물론이고 시녀와 유모도 증원한 모양이었다.

진시를 맞이해 준 사람들은 시녀장 홍냥을 비롯하여 전부터 교쿠요 황후를 모시던 자들이었다.

"오랜만이구나. 홍냥, 잉화, 구이위엔, 아이란."

"교쿠요 님은 안에 계십니다."

홍냥은 엄숙하게 진시를 안으로 안내하고, 세 시녀들은 이전만큼은 아니지만 흥분한 듯 날카로운 목소리로 재잘거렸다.

"들어오십시오."

응접실에는 교쿠요 황후와 5, 6세쯤 된 소녀가 있었다. 많이자란 링리 공주였으나, 진시를 보자마자 교쿠요 황후의 뒤로숨었다.

"공주?"

"어머나, 왜 그러니? 숙부님이시잖아?"

"……."

링리 공주는 진시를 빤히 쳐다보기만 할 뿐 다가오려 하지 않았다. 전에는 안아 달라고 조르던 적도 있었는데.

"혹시 낯을 가리는 걸까?"

"낯을 가리다니…."

링리 공주와는 태어났을 때부터 알고 지낸 사이였다. 후궁 시절에는 며칠에 한 번씩 만났다.

"1년이나 지났으니 얼굴을 잊어버릴 만하지요."

홍냥이 진시에게 쐐기를 박았다.

동궁은 벌써 걸음마를 시작했다. 넘어질까 걱정이 된 유모들이 계속 뒤를 따라다니고 있었다.

"오늘은 인사만 하러 온 건가요?"

"서도 일도 이것저것 말씀드릴까 합니다."

교쿠요 황후가 가볍게 손을 들자 홍냥이 공주와 동궁을 방 밖으로 데리고 나갔다. 방에는 최소한의 인원만 남겨졌다.

"교쿠오 공의 일은…..."

교쿠요 황후의 오빠인 교쿠오는 살해당했다. 이복 남매라고는 하나 동생으로서는 복잡한 심경일 터였다.

"이야기를 들었습니다. 교쿠오 오라버니의 후계자로 장남이 정해졌다더군요."

"네, 시쿄 공입니다."

시쿄는 교쿠오의 장남이며 교쿠요에게는 연상의 조카에 해당한다.

"그 사람이라면 뒷심이 좀 무르긴 해도 괜찮겠지요."

"친밀한 사이셨습니까?"

"후궁에 들어가라는 아버님의 명령이 있은 후, 한동안 본가에서 교육을 받았거든요. 외모는 교쿠오 오라버니와 꼭 닮았지만 본질은 전혀 달라요. 그 사람이 위에 서면 토대가 자연스럽게 굳혀질 거예요."

교쿠요 황후의 말은, 교쿠오는 우두머리 자리에 어울리지 않는 자였다고도 들렸다.

"저와 교쿠오 오라버니의 사이에 대해서는 어떻게 들으셨나요?"

"…그리 좋은 사이는 아니었다고 들었습니다."

"그래요. 혹시나 싶어서 말해 둘게요. 나는 아무것도 하지 않았어요."

교쿠요 황후는 딱 잘라 말했다.

"저도 그렇습니다."

교쿠요 황후와 진시의 말투가 자연스럽게 후궁 시절의 분위기로 돌아갔다. 방에 남아 있는 자들이 후궁 시절부터 있었던 시녀와 호위들뿐이었기 때문인지도 모른다.

"그래요. 왕제님에게 서도는 지방 도시, 기껏해야 시골구석에 불과할 테니 서도의 우두머리를 해칠 이유 따위 없었겠죠."

"하지만 제가 암살했다는 소문도 여러 번 돌았습니다."

"후후후. 권력에 가장 관심이 없는 인물이라는 걸 대체 어떻게 설명해야 좋을까요?"

교쿠요 황후는 웃고 있지만 거기에는 진시를 비아냥거리는 의미도 포함되어 있었다. 진시의 옆구리에 멋진 모란 낙인이 찍혀 있다는 사실을 아는, 얼마 안 되는 인물 중 하나다.

"네. 저는 당신의 적이 아니니까요."

진시는 일부러 낙인을 찍었을 때와 같은 말을, 교쿠요 황후에게 건넸다.

"…믿어도 되나요?"

"네."

"달의 귀인께서는 그러실지 몰라도, 주위에선 어떨지 알 수 없어요."

"알고 있습니다."

교쿠요 황후는 이 나라에서 유일한 황제의 정실이다. 하지만 일반적으로는 리국 사람과 동떨어진 외모, 즉 빨강 머리와 녹색 눈의 교쿠요 황후를 기피하는 자도 적지 않다. 동궁도 교쿠요 황후의 색채를 물려받았다.

본래 리국에서는 황족끼리의 근친혼이 빈번하게 이루어졌다. 중진들 중에도 교쿠요 황후가 아니라 방계 황족이었던 리화 비를 지지하는 자도 많다.

한편 리화 비는 황제의 의향을 따르는 인물이다. 교쿠요 황후나 그 친족이 횡포를 저지르지 않는 한, 황위 찬탈을 꾸미리라고는 생각할 수 없다.

결과적으로 누가 추대되는가 하면, 결국 진시에게 화살이 돌아간다. 무엇보다 황제에게 아들이 태어나기 전까지 십수 년 동안 동궁은 진시였다. 특히 진시의 어머니인 황태후 안시의 친정에서는 진시를 차기 황제로 삼을 생각이었으리라.

"저는 곁에 아무도 두지 못할 자리에 앉고 싶진 않습니다."

설령 황후라 해도 옥좌 옆에 앉을 수는 없다. 황후는 황제의 아내가 아니라 신하다.

"그렇죠."

교쿠요 황후는 옅은 미소를 지었다. 그게 무슨 표정인지 진시가 의중을 읽기 전 교쿠요 황후는 의자에서 일어나 창가로 이동했다. 그리고 창을 열고 밖을 내다보았다.

진시도 창가로 향했다. 정원에서는 밝은 색깔의 머리카락을 지닌 소녀가 다과회 흉내를 내고 있었다.

"오라버니의 딸, 내게는 조카에 해당하죠. 조카는 입궁하지 않고 내 시녀가 되고 싶다고 해요. 지금도 이렇게 견습으로 예의범절 수업을 받고 있답니다."

교쿠요 황후는 유柔와 강剛을 두루 갖춘 인물이다. 후궁 시절에는 친정이 멀었기에 중앙의 다른 비들에게 경원시당하는 가운데 독자적인 인맥을 쌓아 나갔다. 좀 나쁘게 말하자면, 동성을 꼬드기는 데 능숙하다고 할 수 있다. 진시가 환관 시절 교쿠요 황후를 상급 비로 추천했던 이유는 그 듬직함을 높이 평가했기 때문이다.

"후궁에 들어오지 않았다면 달의 귀인의 비가 될 수도 있었던 아이예요. 후후, 얼굴을 보여 주진 말아요. 달의 귀인의 얼굴을 보면 마음이 바뀌어서 왕제비가 되고 싶다고 할지도 모르니까요."

"농담 마십시오."

하지만 진시는 남녀노소 가리지 않고 자신에게 빠지는 일이 워낙 많은 터라 솔직히 등골이 서늘했다.

"달의 귀인이 각오하셨던 것처럼, 저도 이미 각오를 했답니다."

"여러 가지로 죄송합니다."

"죄송하다고요? 그건 내게 할 말이 아니에요."

교쿠요 황후가 약간 언성을 높였다.

"나 외에도, 더욱 큰 폐를 끼친 사람이 있다는 사실을 잊지 말아요."

"네."

진시는 그저 그렇게 대답할 수밖에 없었다.

마오마오인가, 황제인가. 아니면 둘 다인가.

진시는 자신이 그 일을 저질렀을 때 함께 있던 인물들을 떠올려 보았다.

자신의 궁으로 돌아오니 스이렌이 청소를 하고 있었다. 그냥 청소가 아니라 대청소였다.

"스이렌, 의욕이 넘치는 건 좋지만 아직 여독도 풀리지 않았을 텐데 오늘은 좀 쉬지?"

궁은 보통 주인이 부재할 때도 깔끔하게 청소를 해 놓는 듯했다. 그런데 또 청소를 하다니, 그야말로 세간에서 말하는 무서운 시어머니가 아닌가.

"쉬라고요? 너무 무르시네요, 도련님."

"도련님이라고 부르지 말라니까."

"아뇨, 그 물러터진 정신 상태에는 도련님이 딱이에요. 보세요, 청소 조금 했을 뿐인데 벌써 이만큼이나 나왔다니까요."

스이렌은 명랑한 표정으로 수상쩍어 보이는 부적, 인형, 그리고 머리카락으로 땋아 만든 밧줄 등을 보여 주었다.

"……."

"도련님은 잊으신 모양이지만 잠시만 눈을 떼면 무슨 짓을 저지를지 모른다니까요. 사랑에 빠진 계집애들이란 것들은."

서도에서 1년을 보내는 사이 잊을 뻔했다. 이것이 자신의 일상이라는 사실을.

"아니, 아니, 잠깐만."

"늘 있는 일이지만, 머리카락을 땋아 넣은 속옷도 있는데 입어 보시겠어요?"

"버려 줘."

"알겠습니다."

스이렌은 그것들을 사정없이 쓰레기통에 처넣었다.

저주 부적과 인형은 연애 방면 외에도 순수하게 진시를 저주하려는 의도가 담겨 있는지도 모른다. 하지만 그것을 일일이 추궁할 생각도 없고, 멀리 돌아가는 저주라는 방법으로밖에 공격하지 못하는 소인배들을 상대할 생각도 없었다.

저주를 미신이라고 확실하게 생각하는 진시이기 때문에 그런

결론을 내릴 수가 있다. 대체 누구의 영향일까.

"마메이는 와 있나?"

"네. 안쪽 방에서 일을 돕고 있어요."

마메이도 여걸이지만 스이렌은 못 이긴다.

거실에서는 마메이가 스이렌과 마찬가지로 쓰레기통에 수상한 인형을 버리고 있었다.

"오랜만에 뵙습니다, 달의 귀인이시여. 이것들은 추후 불에 태울 예정이니 안심하십시오."

서도에서 자주 보았던 타오메이의 연령을 반으로 깎은 듯한 여자다. 가오슌과 타오메이의 딸이지만, 가오슌의 요소는 거의 없다.

"바로 본론으로 들어가지. 요 1년 동안 있었던 일에 대해 알려 다오."

"네. 그럼 달의 귀인과 관련이 있는 것들부터."

마메이는 손을 멈추지 않고 이야기를 시작했다.

서도에서 온 교쿠오의 딸이 곧 교쿠요 황후의 시녀가 되리라는 이야기. 이것은 이미 황후에게서 들었다.

그에 더해, 제발 진시에게 비를 좀 들이라는 목소리가 높아지고 있다는 이야기.

리화 비의 아들을 동궁으로 추대하려는 파벌이 움직임을 보이고 있다는 이야기.

"그 외에는….”

마메이가 잠시 망설였다.

"무슨 문제라도 있나?”

"소문에 불과합니다만.”

"말해 보아라.”

진시는 의자에 앉아, 스이렌이 어느 틈엔가 준비해 준 차를 마셨다.

"현재 황족의 남아가 너무 적다는 것이 문제입니다. 주상께는 두 살이 된 아드님이 있고, 달의 귀인은 미혼이시죠. 그러니 얼마 되지 않는 남성 황족에게 접근하려는 자들이 있다고 말씀드려야 좋을까요.”

"뭐, 타당한 생각이긴 하지. 선선대 황제에게도 나이 차이가 많이 나는 이복 남동생이 있었고.”

즉, 선제의 숙부에 해당한다. 여제의 통치 시절, 여제의 분노를 살 것이 두려워 출가했다고 들었다.

"네. 그분께 아들이 한 명 있습니다.”

남자 쪽 혈통이니 계승권은 남아 있다.

"모반이라도 꾸미고 있나?”

"그 부분은 전과 달라진 것이 없습니다. 당사자는 정사에 흥미가 없지요. 하지만 그자와는 별개로 또 남계 혈통의 황족이 있다는 소문이 있습니다.”

"다른 남계 혈통의 황족?"

진시는 고개를 갸웃거렸다.

"대체 몇 대 전의 황족이지?"

"3대 전이라고 해야 할까요. 옛날에 황족이지만 당시 황제의 분노를 샀던 자가 있었다고 합니다."

"흠."

"그자는 처형당하기 전 황적을 박탈당했지만, 그 전에 평민 여인과의 사이에 아이가 있었다더군요."

리국의 제도에 따르면 황적이 있을 때 태어난 아이에게는 황적이 주어진다. 설령 서민이라 해도, 증거가 있으면 황위 계승권이 주어지나 그 대부분이 가짜다. 진짜라 해도 중진들의 사정에 따라 없었던 일로 치부되는 경우가 대부분이리라.

"무슨 옛날이야기도 아니고."

"네. 허튼소리이긴 합니다만, 그래도 혹시나 싶어 말씀드렸습니다."

마메이 나름대로의 농담이다. 비슷한 이야기라면 얼마든지 들은 적 있다. 기녀들 중에서도 황족의 사생아라며 이름에 '카華'를 넣어서 장사하는 자도 있을 정도다.

하지만 마오마오라는 사례가 있으니 완전히 부정할 수도 없다.

"아직 말씀드릴 이야기가 더 있기는 한데, 어떻게 하시겠습니까?"

"배가 고프군. 식사하면서 들어도 문제없겠지?"

"알겠습니다."

마메이는 또다시 머리카락을 한 올 넣어 자수를 놓은 점자蚞子*를 발견하고는 쓰레기통으로 집어던졌다.

진시는 차라리 궁을 통째로 바꾸는 편이 낫지 않을까 생각했으나 마오마오가 쓸데없이 돈을 낭비하지 말라며 얼굴을 찌푸리는 모습을 상상하고는 입 밖에 내지 않았다.

※점자 : 쿠션.

약사의 혼잣말

"죄송한데요~ 이거, 해체하면 안 되나요?"

티엔요우는 목매달아 죽은, 신선한 시체를 바라보며 물었다. 신선하다고는 해도 벌써 꼬박 하루가 지났다. 슬슬 사후 경직이 풀릴 무렵이었다.

사후 경직이라는 말을 들으니 티엔요우의 머릿속에는 짐승 해체가 떠올랐다.

의관을 지망하기 전, 티엔요우는 사냥꾼이었다. 산에서 사냥한 짐승은 그 자리에서 피를 빼고, 내장을 제거한 후 가져오는 경우가 많았다. 피를 빼면 고기 냄새가 덜해진다. 또한 내장을 제거하면 위의 내용물과 분뇨, 담즙 등도 모두 사라지므로 고기가 맛없어지는 일을 막을 수 있다.

해체하는 속도가 빨랐던 티엔요우는 기세를 몰아 뼈까지 빼내 버리는 경우가 있었다. 그러면 아버지에게 매우 야단을 맞았다.

사후 경직이 일어나기 전에 뼈를 뽑으면 육질이 나빠진다. 맛없는 고기를 먹고 싶으냐며 정수리로 주먹이 날아들곤 했다.

그럼, 이 시체는 뼈가 아직 남아 있으니 육질이 좋을까, 하는 생각이 문득 들었다.

"야, 저 자식 좀 말려 봐."

"아, 싫어."

동료 및 선배들에게 티엔요우는 항상 이런 식이었다. 매번 이 모양이다 보니 주의를 줄 마음도 사라진다.

"있지, 냥냥. 내장을 빼낼 수 있을 정도만큼은 잘라 내도 되지 않을까?"

티엔요우는 근처에 있던 의관 보조를 끌어들였다. 본명은 마오마오지만 티엔요우에게는 냥냥이었다.

"배를 가르는 시점에서 이미 여러 가지 문제가 있으니 하지 마세요. 사체는 냄새가 지독하니까 적당한 장소에서 처분해야 한다고요."

냥냥은 눈을 반짝반짝 빛내며 약 서랍을 정리하고 있었다. 냥냥은 시체보다 생약을 더 좋아한다. 약에 대해서는 중급 의관 이상의 실력이 있는지, 관녀인데도 의관 취급을 받는 경우가 많았다. 서도 여행에도 동행했다.

냥냥이 긴 선박 여행에서 돌아온 지 이틀째인데도 기운이 넘치는 것은 눈앞에 풍부한 약이 있기 때문이리라.

"너희, 멀쩡해 보이는데 그냥 통상 업무 하면 안 되냐?"

선배 의관이 말했지만 그것은 티엔요우가 정한 일이 아니다. 티엔요우와 냥냥은 피로가 아직 풀리지 않았으리라는 배려 덕분에 비교적 일이 적은 의무실에서 자잘한 일을 하고 있었다.

"왜 시체를 의무실에 갖다놓은 거야?"

깨끗이 빤 붕대를 한아름 안고 야오가 다가왔다. 의관 보조 같은 걸 굳이 하지 않아도 되는 명문가의 아가씨다. 티엔요우는 왜 야오가 의관 보조가 되었는지 모른다. 그리고 그 옆에는 옌옌이 딱 붙어 있다. 옌옌은 야오의 시녀이며 항상 야오를 제일 먼저 생각한다.

"안녕, 옌옌. 오랜만이네."

티엔요우는 일부러 야오를 무시하고 옌옌에게 말을 걸었다. 야오는 신경 쓰지 않는 듯했으나 옌옌은 뚱한 표정을 지었다. 야오에게 말을 걸면 위협하면서, 또 무시하는 것도 마음에 들지 않는 모양이었다. 잘 이해가 되지 않는 감정이다.

한때는 이 두 사람의 사이가 틀어지면 어떻게 될까 궁금해서 이래저래 집적거린 적도 있었다. 지금은 더 재미있는 것이 있으니 그쪽에는 관심이 없다.

"리 의관님… 이시죠? 이 시체는 안 치우나요?"

야오를 대신하여 옌옌이 리 의관에게 물었다. 티엔요우의 선배 의관이며 마찬가지로 서도에 다녀온 인물이다. 일단은 티엔요우도 '리' 씨이기는 한데, 헷갈리기 때문에 티엔요우는 이름으로 불리고 있다.

야오가 그것을 왜 확인하듯 물었느냐, 리 의관이 서도에 다녀온 사람들 중 가장 많이 달라졌기 때문이었다. 한때 가냘픈 문학청년 느낌이었던 그 외모는 강렬한 햇볕과 건조한 공기 때문에 피부가 붉게 그을리고 거칠어져 있었다.

또한 끊임없이 찾아오는 환자들을 돌보느라 정신도 단련되어 마치 통나무처럼 굵고 튼튼해졌다. 시비를 거는 건달들을 노려보며 할 수 있으면 어디 한번 해 보라고 도발하기 시작했을 때, 티엔요우는 너무 재미있어서 배꼽을 잡고 웃었던 일을 기억하고 있다.

서도에서의 생활은 그 무엇보다 체력이 자본이어서, 성격은 좋지만 정말이지 어처구니없는 구석이 있는 상사인 요우 의관을 보조하는 사이 쓸데없이 근육질이 되고 말았다. 체력을 키우기 위해 고기와 유제품을 많이 먹었던 것이 원인일지도 모르고, 말도 안 되는 짓을 저질러 대는 상사와 티엔요우에게 짜증이 날 때마다 이불로 둘둘 만 기둥을 주먹으로 때리고 발로 걷어차며 발산한 탓인지도 모른다. 서도 생활이 끝날 무렵에는 생 염소젖에 대두 가루를 섞어서 마실 정도였다.

중앙 근무 복귀 이틀 후, 리 의관은 이미 열 명 이상에게서

"넌 누구야?"라는 말을 듣고 있었다.

"서도에서 돌아온 '리'가 맞습니다. 시체는 아직 사건의 세부를 조사하는 확인 작업을 하는 중입니다."

리 의관은 요 한 달 가량의 일지를 읽고 있었다. 원정을 마친 리 의관은 이미 상급 의관 같은 일솜씨를 선보이고 있었기에 승진이 결정되어 있었다. 티엔요우도 수많은 부상자들의 팔다리를 자르거나 꿰맸지만 딱히 그런 이야기는 없었다.

"있잖아요, 있잖아요, 리 의관님. 범인은 이미 잡혔고 현장 재현도 끝났는데 아직도 조사할 게 있어요?"

티엔요우는 순수하게 의문을 느꼈다. 한가해 보였는지 티엔요우 앞에는 세탁된 붕대 바구니가 쿵 하고 놓이고 말았고, 옌옌이 정리하라며 무언의 압박을 가하고 있었다.

"조사할 것이 아직 있다."

"그렇겠죠."

폐기할 생약을 정리하면서 냥냥이 리 의관의 말에 동의했다.

"뭐가 '그렇겠죠'란 거야?"

티엔요우는 냥냥에게 물었다. 동물의 신체 구조라면 모를까 다른 부분에서는 티엔요우보다 냥냥의 지식이 풍부하다.

"범인은 관녀 세 명. 계산상, 이론상, 탁상공론상 무관 한 명을 살해하는 일은 가능해요. 무턱대고 시도한 계획이 우연히 성공하는 일도 있죠. 반대로 말하면 실패할 가능성도 매우 크다는 말이고요.”

“우연히 성공한 거 아냐?”

“정치와 법률에 대해선 잘 모르지만 정말 우연히 성공했는지, 아니면 다른 요소가 있어서 성공했는지. 다른 요소가 있었을 경우 증거가 되는 시체를 함부로 파기하거나 손을 대서는 안 되거든요.”

리 의관은 반응하지 않았다. 즉, 마오마오의 말이 맞다는 이야기이리라.

“무슨 소리야? 냥냥하고 그 쪼끄만 안경잡이가 입증했잖아.”

티엔요우는 이해가 되지 않아 고개를 갸웃거렸다.

“역시 해체할까? 응?”

“하지 마!”

리 의관이 일지를 내려놓고 시체 앞으로 가서 섰다.

“이곳에 시체가 있다는 것 때문에 너무 소란을 피워선 안 된다. 우리는 익숙하지만 다른 부서 사람들이 보면 안색이 달라질지도 모르니까.”

“네에, 알겠습니다아~”

대답이 건방졌는지 리 의관이 티엔요우의 정수리에 주먹을 꽂았다. 리 의관은 근육의 영향 때문인지 몰라도 육체 언어가 예전보다 늘었다.

“야오, 옌옌, 잠깐 괜찮을까?”

리 의관은 이야기를 들으며 조용히 있던 두 사람에게 말을 걸었다.

"일지를 봤는데 괜찮은 거야? 두 사람 다 여자 숙사로 안 돌아간다니?"

"뭐라고요? 금시초문인데요."

냥냥도 두 사람을 쳐다보았다. 어째서인지 안색이 나빴다.

"마오마오는 몰랐구나. 여자 숙사가 이미 꽉 차서 새로운 관녀가 들어갈 수가 없게 된 바람에, 나갈 사람을 모집하고 있었어. 나랑 옌옌은 숙사에 거의 없었으니까 마침 잘됐다 싶었거든. 그래서 대신 네 방을 계속 쓰고 있었어. 가끔 청소하긴 했는데, 먼지가 쌓이진 않았지?"

"네, 괜찮아요. 감사합니다. 그나저나 숙사를 나간다니, 그런 일이… 그 말은 즉 그 집에 계속 머무른다는 말인가요?"

냥냥의 얼굴이 다소 일그러졌다. '그 집'이라는 게 무엇인지 티엔요우의 호기심은 무럭무럭 커져 갔다.

"응, 그렇게 되어 버렸어. 이미 가구도 늘었고, 이사하는 것도 힘든 일이니까."

"완전히 눌러 살고 있네요."

"비용도 내고 있다고."

"라한 님이 받으려 하지 않으시기에, 대신 신뢰할 수 있는 고용인분에게 드리고 있습니다."

옌옌이 묘하게 거북한 표정을 지었다. 평소엔 야오의 말이라면 무조건 긍정하는 옌옌이지만 이 일만큼은 생각이 다른 모양이었다.

냥냥이 대각선 위 천장을 올려다보았다. 거북한 내용인 모양인데 이 화제에 어떻게 끼어들까, 하고 티엔요우는 눈을 반짝반짝 빛냈다.

"있지, 있지. 그럼, 두 사람은 지금 어디 살고 있는 건데?"

티엔요우는 단도직입적으로 물어보았다.

"저는 아무것도 모르니까 그쪽 일은 그쪽에서 알아서 하세요. 단, 가끔 옌옌의 반찬을 얻어먹을 수 있다면 고맙겠어요."

"마오마오…."

옌옌이 왠지 모르게 매달리는 눈빛으로 냥냥을 쳐다보았다.

"나도 제법 요리를 할 수 있게 됐거든!"

야오는 또 야오대로 옌옌과 경쟁하려는 듯 말했다.

티엔요우는 완전히 무시당했다.

"저기, 저기."

티엔요우가 또다시 대화에 억지로 끼어들려 하는데 누군가가 뒷덜미를 붙잡았다.

"너는 일이나 해."

리 의관의 근육은, 티엔요우를 무슨 보릿자루처럼 들어 올릴 수 있는 수준까지 발달했다. 키 차이는 별로 나지도 않는데 도

대체 얼마나 단련을 한 걸까.

"이 세 사람은 수다를 떨고 있어도 괜찮은 거고요?"

"손은 움직이고 있잖아."

냥냥은 처분할 생약을 장부에 적고, 야오와 옌옌은 붕대를 둘둘 말아 선반에 정리하고 있다.

"네가 할 일은 이거다."

리 의관은 자신이 다 읽은 일지를 티엔요우 앞에 수북이 내려놓았다.

"일지에 적혀 있는 특수한 처치 사례를 조사해서 확인해 둘 것. 알겠지?"

"…네."

티엔요우는 고분고분 대답하지 않으면 목이 부러질지도 모른다는 위압감을 느꼈다.

약사의 혼잣말

7 화 : 마메이와 서투른 남동생

무슨 일이 있었을까?

마메이는 약 1년 만에 만나는 동생 일행을 보며 생각했다.

"오랜만이에요, 마메이 씨. 지금 막 돌아왔어요~"

우선 인사하러 온 사람은 큰동생 바료의 아내 취에였다. 원래 마메이의 지인으로, 쓸데없이 밝은 성격이라는 건 알고 있었지만 지금의 모습은 대체 무엇이란 말인가.

"꼴이 왜 그래?"

취에는 오른팔이 축 늘어져 있었다. 뿐만 아니라 몸 곳곳에 찢어진 상처, 베인 상처가 가득했고 발음도 약간 불명료한 것을 보니 내장까지 손상을 입었다는 사실을 알 수 있었다.

"약간 실수를 저질러서, 그만 오른팔을 평생 못쓰게 되고 말았어요~ 뭐, 걱정 마세요. 보시다시피 잔재주 한두 가지쯤은 한 손으로도 할 수 있거든요."

취에의 손바닥에서 꽃과 깃발이 펑펑 솟아났다.

취에의 남편 바료는 평소와 똑같다며 생기 없는 눈빛으로 아내를 바라보았다. 취에의 용태가 걱정이기는 하지만, 문제아가 또 한 명 남아 있다.

"바센, 그건 또 뭐니!"

작은동생은 어깨에 집오리를 얹고 있었다. 어제 달의 귀인의 심부름으로 마메이를 데리러 왔을 때는 없었는데, 대체 어디서 가져온 걸까.

"집오리 죠후입니다."

바센이 진지한 표정으로 대답했다. 농담을 할 수 있을 만큼 여유로운 동생이 아니다. 즉, 이것은 진심이란 뜻이었다.

"이름을 물어본 게 아니잖아. 우욱, 전체적으로 가축 냄새가 지독해."

마메이는 소맷자락으로 코를 틀어막았다. 잘 보니 바센의 옷 구석구석에 똥이 묻어 있었다.

"어머님, 이게 어떻게 된 일인가요?"

함께 서도에서 돌아온 모친 타오메이에게 물었다. 타오메이는 색이 다른 두 눈을 반만 뜨고, 포기한 눈빛으로 막내아들을 바라보았다.

"나는 서도에 두고 오라고 했어."

"취에 씨는 피둥피둥 살이 쪘으니 이제 잡아먹을 때가 됐다고 했거든요~"

어머니와 형수가 나란히 바센을 노려보았다.

"에에잇, 잡아먹기는 무슨! 죠후는 제 가족입니다. 가족을 잡아먹는다니, 그런 짐승만도 못한 짓을 저보고 하란 겁니까?"

"대체 뭐가 어떻게 된 거야?"

그러고 보니 서도에 가기 전, 특별 임무인지 뭔지 때문에 가축 냄새를 풀풀 풍기며 집에 돌아오는 일이 많기는 했는데, 설마 그 때문에 집오리에게 애정이 생기기라도 한 걸까. 혼자 생각에 잠기는 일이 잦아 혹시 누구 좋아하는 사람이라도 생겼나 했는데, 설마하니 집오리가 상대였다는 말인가.

"바센, 그 집오리는 암컷이니?"

"네. 양질의 알을 이틀에 한 번 낳습니다."

어째서인지 바센이 가슴을 펴고 자랑스럽게 말했다. 서도에 가 있는 동안에도 단련을 게을리 하지 않았는지 어린아이 같은 얼굴에 있는 젖살이 조금 빠졌다. 다소 날카로운 인상이 되었나 싶었는데 머릿속은 퇴화한 모양이었다.

"마메이 씨, 마메이 씨. 밖은 추우니까 얼른 안으로 들어가면 안 될까요? 취에 씨는 보시다시피 전신이 너덜너덜해서 힘들어요."

취에가 훌쩍훌쩍 우는 시늉을 하며 바료에게 기댔다. 바료는 한순간 얼굴을 찡그렸지만 아무 말 없이 취에를 부축해 주었다. 취에는 농담이 아니라 정말로 몸 상태가 좋지 않은 모양이었다.

"알겠어요. 방은 청소해 놓았으니, 어른들께 인사하기 전에 옷을 갈아입는 편이 좋겠네요. 긴 여행 때문에 피로할 것을 고려해서 연회 등은 열흘 후에 열 예정이에요. 그런데 아버님은?"

"주상께 가셨습니다."

아버지 가오슌은 원래 황제의 종자였다. 서도 일 보고와 쌓인 업무 정리 등으로 궁중에 틀어박힌 모양이었다.

타오메이, 바료, 취에와 함께 저택 안으로 들어갔다.

"거기, 멈춰."

"왜 그러시죠, 누님?"

"왜 그러시냐니! 집오리를 저택에 들이다니, 있을 수 없는 일이야! 밖에 풀어 주고 와!"

"말 한번 잘 했다, 마메이."

타오메이가 고개를 끄덕끄덕했다. 아마 서도에서도 수없이 난리를 피웠겠지만 늘 타오메이가 끈기에서 지고 만 모양이었다. 어머니와 끈기 승부에서 이기다니, 바센도 바람직하지 못한 의미로 성장했는지도 모른다.

"실내에 가축을 들이다니 말도 안 되지."

"그러는 어머님이야말로 올빼미를 키우고 계시지 않습니까!"

"올빼미는 가축이 아니야! 게다가 데리고 돌아오지도 않았으니 문제없어!"

아무래도 어머니 역시 서도에서 무슨 일을 저지른 모양이었다. 하지만 여기서 이야기를 복잡하게 만들고 싶지는 않았다. 그래서 마메이는 바센 한 명만 조준하기로 했다.

"바센, 집오리를 해결하기 전에는 저택에 들여보내 주지 않을 거야."

마메이는 현관문을 닫았다.

"누님! 먹이도 주고 산책도 잘 시킬게요!"

"처음에만 그럴 거잖아, 시간이 지나면 결국 안 할 거잖아!"

"누님! 죠후는 착한 아이입니다. 실내에 똥을 싸지 않아요."

"그 똥투성이인 옷차림으로 무슨 소릴 하는 거야?!"

문 너머에서 마메이와 바센이 어처구니없는 공방전을 벌이고 있는데 누군가가 옷자락을 붙잡는 감촉이 느껴졌다.

"어머님, 손님이에요?"

나온 자들은 마메이의 아들과 딸, 그리고 동생 부부의 아들이었다. 취에와 바료가 결혼할 때, 아이는 전적으로 시누이인 마메이가 맡아 키우기로 약속했기 때문이었다. 마메이의 조카에 해당하지만 거의 자기 자식이나 다름없이 키우고 있다.

"손님이 아니고, 할머니랑 삼촌, 숙모야. 잊어버렸니?"

"할머니이~?"

어린아이에게는 1년의 공백도 길다. 그렇게 잘 따르던 아이들이 지금은 먼발치에서 쳐다만 보고 있었다. 하지만 맨 위 손자만은 기억에 남아 있는지 다가왔다.

"할머니, 다녀오셨어요?"

"많이 컸구나."

타오메이는 마메이의 아들인 손자를 쓰다듬어 주었다. 그 모습을 보고 손녀와 큰아들의 아들도 흉내를 냈다.

"아니, 원. 이 아이는 도성을 떠날 땐 겨우 기어 다니기만 하더니."

타오메이는 큰아들의 아들 머리를 천천히 쓰다듬어 주고, 안아 들었다. 그리고 바료의 앞에 내밀었다.

"1년 만에 보는 자식이잖니. 좀 안아 주렴."

바료는 당황하면서 조심스럽게 자신의 자식을 안았다. 하루 온종일 책상에만 앉아 있는 문관이지만 어린애 하나 정도는 안을 수 있는 모양이었다.

취에는 자기 자식의 얼굴을 가만히 바라보았다.

"자아, 자아~ 울면 안 돼~"

취에는 또다시 솜씨 좋게 마술을 선보이며 아이를 달랬다. 취에의 팔로는 아이를 안아 줄 수 없다. 하지만 그 이전에, 취에에게는 아이를 안아 주겠다는 마음 자체가 없다.

취에는 아이를 낳았으나, 어머니가 될 생각은 없었다.

"아줌만 누구야?"

"안녕~ 취에 씨랍니다~ 친척 아줌마인 건 맞아요~"

취에는 마술로 꺼낸 깃발을 아이들에게 건네주고는 앞으로 나섰다.

"그럼, 취에 씨는 먼저 방으로 돌아갈게요."

취에는 가볍게 움직이는 것처럼 보였지만, 무리하고 있었던 모양이었다.

마메이는 바료를 흘끔 쳐다보았다.

"넌 왜 멀쩡한 거야? 아내는 저렇게 상처투성이인데."

황족을 지키는 일, 그것이 '마 일족'의 사명이다.

"왜 취에 씨만 저런 꼴인데?"

"결혼 후에도 취에가 하고 싶은 대로 하도록 내버려 두겠다고 약속했던 건 누님이잖아?"

"뭐야, 건방지게."

마메이는 바료의 정강이를 걷어찼다. 바료는 한쪽 다리만으로 팔짝팔짝 뛰었다.

"자, 그럼 간식을 먹을까?"

"네, 어머님."

"머님."

"……."

조카는 아직 말을 제대로 할 줄 몰랐으므로 손만 들었다. 취에를 닮았다면 어학에 능하겠지만, 아직은 단어 몇 개만 겨우 말하는 정도였다.

"어머님. 바료. 할아버님께 귀국 보고를 부탁드립니다. 뜨거운 물과 갈아입을 옷은 방에 준비해 놓았습니다."

"알았어."

타오메이와 바료는 저택 안으로 들어갔다.

마메이는 유모에게 아이 돌보기를 맡겼다.

마메이가 할 일은 모친 역할이 아니었다. 마 일족의 남자들은 언제 황족을 지키다 죽을지 모른다. 따라서 남자들이 몇 명 남지 않아도 일족이 존속될 수 있도록, 여자들이 머리 역할을 수행해야 한다.

타오메이와 바료의 보고도, 마메이가 확인할 필요가 있다. 그 점을 소홀히 해서는 안 된다.

"나도 너도 보고 자리에 동석해야 하는데… 언제까지 밖에 있을 생각이야?"

마메이는 뒤뜰로 난 창을 열었다. 거기에는 집오리를 안은 채 넋이 나간 바센이 있었다. 폭신한 깃털이 달린 하얀 집오리를 안고 있으니 따뜻해 보였다.

"죠후도 가족으로 인정해 주시는 겁니까?"

"사람 얘길 안 듣는구나. 집오리는 저택에 들이지 말라고 했잖니? 네가 집 안으로 들여보내면 아이들까지 흉내를 낼 거잖아? 한 사람당 병아리를 한 마리씩 갖고 싶다고 하면, 책임질 거야?"

"그, 그도 그러네요."

"제일 좋은 방법은 취에 씨 말대로 식탁에 올리는 거야."

바셴은 집오리를 꼭 껴안고 그러지 말라며 눈빛으로 호소했다. 누가 봐도 관례를 치른 남자가 할 행동은 아니지만, 마메이는 바셴이 성장했다는 사실을 알아차렸다.

"너, 힘 조절을 할 수 있게 됐구나?"

"언제까지나 어린애는 아니니까요."

바셴의 힘은 웬만한 무관과는 비교도 되지 않을 만큼 압도적으로 강하다. 타고난 근육질이며, 심지어 통증을 잘 느끼지 못하는 체질 때문이었다.

옛날, 어린 바셴이 마메이의 팔을 부러뜨린 적이 있었다. 생떼를 쓰다 못해 뼈를 부러뜨릴 수 있을 정도의 괴력이었기에 오랜 세월, 힘 제어를 하지 못해 애를 먹었다.

막내에게 통 여자 이야기가 없는 것은 그 당시의 기억이 짙게 남아 있기 때문이리라. 여자를 건드리면 망가뜨려 버린다는 고정관념이 배어 있기에.

마메이는 바셴과 죠후를 교대로 바라보았다.

"얘, 그 집오리, 원래 있던 곳에 데려다 놓는 게 어때?"

"이제 와서 서도로 돌려보낼 수는 없습니다."

"아니, 그거 말고. 네가 서도에 가기 전에 갔던 장소 말이야. 거기서 받아 온 집오리잖아?"

"앗!"

바센은 이제 와서 생각이 난 모양이었다.

"아니, 하지만 이제 그곳에는 제가 할 일이 없으니, 들를 이유가…."

바센이 얼굴을 새빨갛게 붉혔다. 아하 하고 마메이의 여성으로서의 감이 날카롭게 빛났다. 아무리 바센이라도 상대가 집오리는 아니었던 모양이다.

"이유 같은 건 없으면 만들어 붙이면 되지. 집오리를 돌려주는 김에 신세를 졌던 사람이라도 만나고 오는 건 어때?"

"……."

바센이 입을 다물었다. 연애 앞에서 이렇게까지 소극적일 수가. 하지만 이 모습을 보니, 조금만 더 물어보면 입을 열 듯했다.

"집오리를 키웠던 걸 보니, 농민이구나?"

"아뇨."

바센은 단호히 말했다.

"그럼, 세상을 버린 사람이야?"

상대가 비구니라면 전도가 다난하리라.

"자기가 원해서 세상을 버린 건 아닙니다."

바셴은 단순하다. 정확히 누구라고 말하지 않아도, 유도신문으로 얼마든지 이끌어 낼 수 있다.

마메이의 정보망은 '미 일족'과 견주어도 결코 뒤처지지 않는다.

요 몇 년 사이 바셴 주위에 출가한 사람이 있었던가. 바셴이 접촉할 가능성이 있는, 출가한 자. 게다가 집오리가 관계되어 있다면 자연스럽게 답이 나온다.

"…얘, 혹시 상대방이 예전에 비였던 사람은 아니겠지?"

"무, 무, 무, 무슨 말씀이시죠?"

바셴은 명백히 동요했다.

궁정을 소란스럽게 만든 죄를 물어, 상급 비였던 리슈는 출가 처분을 당했다. 그때 괜한 분란이 일어나는 것을 막기 위해 평범하지 않은 사원에 들어가게 되었다고 들었다. 불로불사를 연구하는 도사 집단 속에 내던져졌을 터였다. 의식동원医食同源이라는 말에 따라, 식사를 통해 영원한 생명을 얻기 위해 다양한 농법과 가축을 연구하는 곳이다.

'우 일족'의 영애 리슈. 모친은 우 일족 본가의 딸로 황제의 소꿉친구였다.

황제도 리슈의 신변에는 신경을 써서, '마 일족'의 누군가를 호위로 붙여 준 적이 몇 번 있었다. 보고에 의하면 친아버지에게 그리 좋은 취급을 받지는 않았다. 소문으로는 두 번이나 입

궁한, 수치도 모르는 악녀라고 하지만 실제로는 정치적 도구로 실컷 이용만 당했을 뿐이라는 것이 진실이다.

리슈는 가엾은 소녀였다. 하지만 마 일족이 다른 이름 있는 일족에 대해 이러쿵저러쿵 떠들 수도 없는 노릇이라, 결국 그냥 방치해 두고 말았다.

우 일족은 가문의 격이 상당히 추락하고 말았다. 리슈의 아버지는 데릴사위로 들어간 것까지는 좋았으나 명문가를 짊어질 정도의 재능은 없었던 모양이었다. 그래도 리슈가 상급 비로 남아 있었다면 조금은 격을 유지할 수 있었을 텐데.

집안의 체면에 먹칠을 하고, 본인도 두 번 이혼하고 출가한 영애.

"너도 정말 취향 특이하구나."

"취향이 특이하다니, 그게 무슨 말씀이십니까!"

바센은 콧김이 거칠어졌다. 집오리는 바센의 손을 벗어나 뒤뜰의 풀을 쪼아 먹고 있었다.

"그분에 대해 아무것도 모르면서 함부로 말씀하시지 마십시오! 그분은 봄을 기다리는 작은 꽃처럼 가냘픈 분입니다!"

"아직 아무 말도 안 했는데?"

그 순간 바센의 얼굴이 붉어졌다. 무의식중에 있는 말 없는 말 다 늘어놓는 면을 보니 아직 풋내기다. 이래서는 아버지가 오슌처럼 측근이 되는 것은 무리다. 기껏해야 호위에서 끝날 것이라고, 마메이는 생각했다.

"봄을 기다리는 작은 꽃이라…."

마메이와 타오메이는 어떤 꽃에 비유할 수 있을까. 마메이는 뒤엉키는 덩굴 식물을 닮았다는 말을 들은 적이 있었다. 남편을 집념과 끈기로 함락시킨 모습 때문에 나온 말이라는 사실을 마메이 자신도 알고 있었다.

자, 여기서 문제.

바셴을 꼬드겨 자백을 받아 내기는 했지만, 과연 출가한 전前 상급 비를 자꾸 만나러 가게 내버려 둬도 좋을까.

상식적으로 생각하면 '아니오'다.

하지만 기껏 이성에게 흥미를 가진 동생에게 포기하라고, 억지로 현실을 들이밀기도 망설여졌다. 누나로서 뭔가 해 줄 수 있는 일이 없을까.

마 일족 여자들의 무기는 두뇌다. 남자들에게 무슨 일이 생겼을 때를 대비하여, 언제든지 지휘권을 잡을 수 있도록 두 번째, 세 번째 수를 읽을 필요가 있다.

마 일족을 생각하면 빨리 포기하라고 말하는 편이 낫다. 하지만 마메이의 생각과는 다르다.

그러나 아무 생각 없이 응원만 하는 것도 무책임한 일이다.

마메이는 예전에 바셴에게 제멋대로 조언했던 일을 후회했다.

"바센, 아무튼 일단 집오리를 원래 있던 곳으로 되돌려 놓고 오렴. 단, 미리 연락을 하고 나서 돌려주러 가는 거야."

"연락을 하고 나서요?"

"그래, 연락. 그리고 이미 그만둔 일자리잖니? 널 임명한 상사는 달의 귀인이었겠지? 그분께도 반드시 확인을 받을 것."

무슨 문제가 생길 것 같을 때는 미리미리 윗사람을 소동에 끌어들여 놓는다.

"아, 네."

"그리고 집오리를 돌려주러 갈 때, 나도 같이 갈게."

"누님이 왜요?"

"집오리 외에도 가축이 많이 있잖니? 정서 교육을 위해 아이들에게도 보여 주고 싶거든. 그리고 겸사겸사 우연히 그곳에 있는 명문가 따님을 보고 싶기도 하고."

요컨대 무슨 이야기의 씨앗을 만들려는 속셈이었다.

이름 있는 일족은 1년에 몇 번 회합을 갖는다. '라 일족' 같은 괴짜가 아니라면 대부분 참가의 뜻을 표하고, 그 회합 시기가 이제 곧 다가온다.

우 일족은 가문의 격이 추락하고 말았다. 그 원인인 리슈의 아버지는 참가하지 않고, 다른 사람이 참가한다고 했다. 마메이는 할아버지를 보좌한다는 명목으로 우 일족에게 접촉할 수 있다. 뿌린 씨앗을 거기서 싹틔울 생각이었다.

"너, 서도에서 뭐 했어? 화려한 공적 같은 거 세운 적 없니?"

"그런 보고는 없지 않았습니까? 전쟁터가 아니면 무관이 공적을 세우기란 쉬운 일이 아닙니다."

만일 전란의 시대였다면 바센은 적장의 목을 여러 개 땄을 것이다. 동시에 이 무모한 성격으로 그리 오래 살지도 못했으리라.

"그건 그래. 이상하게 농민 한 명이 굉장히 큰 도움이 됐다는 영문 모를 보고만 잔뜩 받았어."

"네, 굉장히 뛰어난 농민입니다."

"진짜로?!"

대체 어떤 인물일지, 마메이는 궁금해졌다. 농민으로 이름을 떨치다니 엄청난 일이다. 너무 흔한 이름이라 잘 기억이 나지 않았지만.

"서도에서 대체 뭘 한 거야?"

"도적 퇴치와 벌레 퇴치를 했습니다."

"응, 못쓰겠다."

몇 년 전에 어떤 무관이 중급 비를 하사받았다는 이야기가 있었지만, 그것을 따라 하기는 어려운 일이다.

"그럼, 주상이 갖고 계신 부모의 마음에 호소하는 건 어떨까?"

황제는 리슈를 딸처럼 예뻐했다. 이 경우, 아둬도 끌어들여야 하겠지.

"뭘 혼자 중얼거리고 계시는 겁니까, 누님?"

"아~ 시끄러워. 이것저것 생각할 게 많단 말이야. 일단 달의 귀인께 연락해! 알겠지?"

"아, 알겠습니다."

"그리고 집오리는 일단 정원에 놔둔다 치고, 너는 가서 목욕하고 옷 좀 갈아입어. 네가 없으면 어머님도 보고를 드리실 수 없으니까."

"알겠습니다."

바센은 집오리에게 무언가 말한 뒤, 정원사에게 맡겼다.

마메이는 너무나도 순진하고 손이 많이 가는 동생을 바라보며 장기 말을 어떻게 움직일까 고민했다.

여한余寒, 맑음.

보리밟기를 했다. 이웃 아줌마와 아이들을 불러, 열 반(反) 정도. 농한기에 할 일치고는 나쁘지 않지만, 그 외에 달리 할 수 있는 일이 없을까.

매화梅花, 눈.

창고의 고구마 관리. 습도를 관리해 주지 않으면 금방 썩어 버리는 것이 난점. 말리는 것 외의 가공 방법을 모색 중.

라한에게서 편지가 온다. 대체 무슨 일이지?

춘한春寒, 비.

라한이 왔다. 내가 아니면 할 수 없는 일이 있다고 한다. 이 것을 성공하면, 궁중에 출사하는 일도 꿈은 아니다.

나는 농촌에서 끝날 남자가 아니다.

조춘^{早春}, 흐림.

한동안 집을 비우게 되어, 신뢰할 수 있는 농민에게 밭 관리를 맡겼다.

또한 농촌의 젊은이들 중 나를 따라올 사람을 찾아보아야 한다. 라한의 말에 따르면 건강한 몸과 대처 능력이 필요한 직업이라고 한다. 일손이 없으면 곤란한 집이 많다. 가족이 없는 자들을 중심으로 모아야겠다.

천춘^{浅春}, 맑음.

라한의 안내를 받아 간 곳은 항구였다. 해로로 가는 건가?

부탁받은 고구마와 마령서는 썩지 않도록 쌀겨 속에 묻어 놓았다. 라한의 교역에 쓰려는 걸까?

아니, 잠깐만. 왜 라칸 백부님이 있는 거야?!

뭐? 서도에서 농업 실습이라니, 그런 말은 못 들었는데?

중춘^{仲春}, 맑음.

바다, 바다, 바다.

탈것에 강해서 정말 다행이라고, 한없이 토하는 라칸 백부님을 보면서 생각했다. 백부님은 내가 자기 조카라는 걸 요만큼도 눈치채지 못하는 모양이다. 여러 번 이름을 말해 줬는데. 아니, 뭐, 상관은 없지만.

배에서는 딱히 할 일이 없었기에 조리장에서 요리를 돕거나, 의미 없이 낚싯줄을 늘어뜨리곤 한다. 당연한 일이지만 바다엔 경작할 땅이 없구나.

춘색春色, 흐림.

아난국에 잠시 체류.

남쪽 나라라 그런지 작물이 알록달록하다. 과일이 많지만 밭작물은 그리 많지 않다. 바닷바람 때문에 소금 피해를 입기 쉬워서일까.

시장에서 산 과일 씨앗은 리국에서도 자랄까.

춘난春暖, 맑음.

술서주에 도착. 초원뿐이다. 아무것도 없다. 경작하면 밭이 될 만한 토지는 많지만 물이 부족하다. 수원을 찾아내서 관개 시설을 잘 만들면 어떻게 되지 않을까.

그리고 육지에 도착해서인지 라칸 백부님이 쓸데없이 기운이 넘친다.

양춘陽春, 맑음.

서도의 커다란 저택에 머물게 되었다.

일단 짐 정리라도 하려고 했더니 가져온 씨고구마와 씨감자
가 없었다.

의관들 짐 속에 섞여 들어간 모양이었기에, 의무실을 찾아갔
다.

어디서 본 적 있는 얼굴이 있었다. 마오마오인가 하는, 라한
의 의붓여동생도 온 모양이었다. 어째서인지 나를 '라한네 형'
이라고 부른다. 그러고 보니 자기소개를 한 적도 없었다. 자기
소개를 하려 해도 들어 주질 않는다. 이러니까 라 집안이 싫다
는 거다. 하나같이 사람 말을 안 듣는다.

앵화桜花, 맑음.

농촌에 가서 작물 재배 방법을 가르쳐 주게 되었다.

난 왜 술서주까지 와서 농업을….

데려온 녀석들은 익숙한 일이라며 크게 신경 쓰지 않았으나,
이것은 사기다. 라한, 그 자식은 어떻게 이렇게까지 악독할 수
있지?

그나저나 아무리 봐도 심각하다, 이 농촌. 보리를 키울 생각
이 없는 건가? 심는 시기도 틀려먹었고, 분얼分蘖도 제대로 안
된 걸 보니 보리밟기도 안 한 모양이다. 흙에 영양분이 하나도
없잖아, 난로 숯이라도 좋으니까 좀 뿌려 주라고.

춘풍春風, 맑음.

술서주는 비가 안 내리는구나.

마오마오 일행과 함께 농촌에 온 것까지는 좋았지만, 나는 한동안 농민들에게 작물 재배 방법을 가르쳐 주게 되었다. 고구마보다 마령서가 이곳 기후에 더 잘 맞는 것 같다.

그러고 보니 황해가 어쩌고저쩌고 했던 것 같다. 확실히 황충 수가 많아 보인다. 이 녀석들, 아무리 구제해도 계속 어디서 솟아나니까 골치 아프다. 마오마오가 준 농약을 희석해서 뿌려 놓았다.

신록新祿, 맑음.

술서주는 낮에는 햇볕이 강렬하고 뜨거우며, 밤에는 한없이 춥다. 일교차가 심해서 가져온 작물이 잘 자랄지 걱정이다.

농촌에서 일을 마치고 서도의 저택으로 돌아왔다. 저택에는 취에라는 시녀가 사 온 염소가 있었다. 염소를 아무 데나 방치하지 말란 말이야, 이 녀석들은 풀뿌리까지 먹어치우니까 아무것도 안 자란다고. 잡초라면 몰라도 작물까지 먹어 버리는 건 곤란해. 염소 외에 집오리도 있었다. 높은 사람의 별저라고 들었는데 이렇게 가축을 데려와도 되는지 모르겠다.

농기구를 정리하고 있는데 통통한 아저씨가 차를 권했다. 의관이라고 하는데 분위기는 어딘가 모르게 뤄먼 작은할아버지와 비슷했다. 아니, 그런 것치고는 좀 맹한 분위기이긴 하지만.

기껏 권해 주니 차 한 잔 정도는 마시려고 했는데 그 사람이 찾아왔다.

소문으로는 들었다. 칠흑의 비단 같은 머리카락과 도자기 같은 피부, 높은 콧날과 흑요석을 두 개 박아 넣은 듯한 눈. 천녀 같고, 그야말로 인간 같지 않은 아름다움을 지닌 미장부가 있었다.

단 한 가지 아쉬운 점은 오른뺨에 난 한 줄기 흉터였으나, 그것이 없었다면 나는 솔직히 어떻게 되었을지 모른다. 사람을 미치게 하는 부류의 아름다움이다.

나는 마른침을 삼키며 횡설수설 대답하는 수밖에 없었다. 내가 무슨 소리를 하는지, 상대가 무슨 소리를 하는지 머릿속에 통 들어오지도 않았다.

그래서 대답해 버리고 말았다. 거절할 수 있을 리가 없었다.

나는 술서주를 횡단하는 고구마 보급 여행을 떠나게 되었다.

입하立夏, 맑음.

고구마와 함께 마차에 흔들리며 마을에서 마을로 여행을 다니는 중.

외부인은 싸늘한 시선을 받는 경우도 있다. 뭐, 괜찮아. 익숙하니까.

할아버지가 라칸 백부님과 라한에게 쫓겨났을 때는 주위 눈이 정말로 차갑기 그지없었다. 할아버지와 어머니는 거칠어졌지만 그에 반해 아버지는 잔뜩 신이 나서 농사를 시작하고, 진짜 나보고 어쩌라는 건지. 열 살이나 될까 말까 한 아이들은 어른들의 눈치나 살피고 있지, 그러니 어떻게든 환경에 적응하는 수밖에 없었다. 진짜 내가 생각해도 너무 잘 해 왔다, 나는 대단해.

그렇게 생각하면 농촌에서 열심히 작물만 키운다는 건, 어떤 의미에선 간단한 일이다.

아~ 이 여행이 끝나면 꼭 아내를 얻을 거다. 예쁘고, 무섭지 않고, 신경질도 안 부리는 아내를 얻을 거다.

훈풍薰風, 맑음.

한 마을에 머무는 시간은 짧다. 며칠 동안 내가 가르칠 수 있는 것을 전부 다 가르쳐야 한다.

귀중한 종이를 이용해 서적 형식으로 정리하려 했지만 어려운 일이었다. 농촌 지역은 문맹이 많기 때문에 종이에 써 놓는다 한들 읽을 수 있을 리가 없다.

간략화하면서 요점을 놓치지 않고 가르칠 수 있는 방법이 대체 무엇일까. 그 점이 어렵다.

내가 잘 가르치기는 했는지 외부인을 보는 시선에서 손님을 보는 시선으로 바뀌기는 했다. 가끔 마을 처녀가 내게 차를 날라다 주기도 했다. 예뻤지만, 그렇게 예쁜 아가씨에게는 이미 남편이나 장래를 맹세한 남자가 있는 법이다. 나도 안다. 착각하면 안 된다. 상대는 사소한 호의를 베풀었을 뿐인데, 자기를 좋아한다고 착각하고 우쭐해하는 남자는 미움받는 법이다.

먼 땅의 식문화를 배우는 일은 재미있었다. 부족한 영양분을 보충하기 위해 콩으로 숙주를 키우는 곳도 있다고 한다. 그럴 때 쓰는 콩도 얻었다. 서도로 돌아가면 키워 봐야겠다.

청엽青葉, 맑음.

달의 귀인과 연락할 때는 비둘기를 사용했다. 편리하지만 일방통행인 것이 좀 귀찮다. 비둘기가 없어지기 전에 서도에서 비둘기를 보충한다.

서도에서 꽤나 떨어진 곳까지 왔다. 이제 조금만 더 가면 반환점이다. 그 마을에서 재미있는 밀을 발견했다. 수확량이 많은 밭이 있다는 이야기를 듣고 조사해 보았더니, 일반적인 밀에 비해 튼튼하고 키가 작아서 잘 쓰러지지 않았다. 그래서인지 한 줄기에 열리는 이삭이 많다. 우연히 키가 작았던 밀이 불어난 모양이었다. 재미있는 표본으로 씨앗을 얻어 놓았다.

심록深綠, 흐림.

좋아, 이제 절반 왔다. 이게 끝나면 나는 아내를 얻을 거다.

하지만 왠지 날씨가 이상하다. 너무 흐리다. 우기도 아닌데.

하늘을 보니 괴상한 소리와 함께 검은 구름이 다가오고 있었다. 눈을 크게 뜨고 잘 보니 구름은 벌레 대군이었다. 드디어, 드디어 오고 말았다.

매우梅雨, 황충.

잡아도 잡아도 황충이 계속 덮쳐 온다. 나는 남아 있던 비둘기를 날려 보내고, 데려왔던 농촌 젊은이들을 서둘러 서도로 돌려보냈다.

제길, 앞으로 반달만 유예가 있었으면 좋았을 텐데. 황충들이 다 먹어치운 보리밭에는 온통 밟아 죽인 황충뿐이다. 동족방뇨, 중과부적. 하늘을 꽉 채울 정도의 황충 앞에서는 그저 속수무책일 뿐이었다.

이대로는 굶어 죽을 게 뻔하다. 남은 작물을 아무리 긁어모아도, 나무껍질과 풀뿌리까지 전부 먹어치운다 해도. 어떻게든, 어떻게든 방법을 찾아보아야 한다.

매우梅雨, 맑음.

남은 마령서를 식량으로 나눠 주고, 고구마는 말렸다.

먹을 것이 없으면 약탈이 시작된다. 어른도 아이도 상관없다. 더는 나눠 줄 것도 없고, 나는 손톱만 한 양심으로 굶어 죽어 가는 아이에게 말린 고구마를 나눠 주는 일밖에 할 수가 없다.

소서小暑, 흐림.
으아아아아아아아악!
도적들이 날 죽일 거야~~~~!
으악!
짐을 도둑맞았다!

서중暑中, 맑음.
겨우 서도가 보인다.

서도에 가까워지니 관리가 마을 근처에서 대기하고 있었다. 황충 난민이 서쪽에서 계속 흘러들어왔고, 나 또한 그중 하나 취급을 받았다.

으으, 찝찝해 죽겠다. 목욕도 못 하고, 밥도 제대로 못 먹었다. 물에 비친 내 모습을 보니 수염과 땟국이 뒤범벅이라 꼴사납기 그지없다. 가지고 있던 돈과 말린 고구마는 전부 사라졌지만 간신히 밀 씨앗과 녹두만은 사수했다.

도둑의 습격을 받질 않나, 갖고 있던 말린 고구마도 약탈당할 뻔하지 않나, 정말이지 인간 불신에 빠질 것 같다. 뭐, 개중에는 친절하게 대해 준 사람도 있었지만.

빨리 서도로 돌아가 상황을 설명해야겠다.

성하盛夏, 맑음.

서도에 도착했다.

내 이름을 말해도 아무도 반응하지 않는다. 대체 어떻게 된 거지?

혹시 내 이름이 등록되어 있지 않다거나, 설마 그런 건 아니겠지.

이럴 경우 어떻게 해야 좋을까. 라한은 없고, 마오마오의 이름을 꺼내는 건 좀 아닌 것 같다. 원래는 달의 귀인의 명령이니까, 좋아. 조금 뻔뻔한 것 같기는 하지만 긴급 사태이니 불러내야겠다. 큰 소리를 내지 않으면 반응이 없다. 고함을 질러 댔더니 감옥 같은 곳에 처박혔다.

대서大暑, 맑음.

마오마오 일행이 데리러 와 주었기에, 그 후로는 서도의 저택에 머물렀다.

식량 위기가 심각했다. 먹을 것이 없으면 사람은 거칠어진다.

지금의 내가 할 수 있는 일은 식량을 키우는 것뿐이다.

입추立秋, 맑음.

중앙에서 지원 물자가 도착했다. 나는 그 속에 바로 키울 수 있는 작물이 있는지 찾아보았으나 없었다. 곡물과 약 종류가 대부분이지만 한참 부족하다. 서쪽에서 난민들은 계속해서 밀려온다.

어떻게든 사람들의 배를 채울 방법이 없을까. 염소와 집오리에게 잡초와 해충을 먹이로 주면서 생각했다.

잔서殘暑, 맑음.

식량 부족에 의한 영양실조가 일어난 모양이었다. 마오마오의 말에 따르면 채소가 부족하다고 한다.

몰래 키우던 숙주를 보여 줘야 할까.

약초를 키울 방법에 대해서도 의논했다. 서도에서는 어렵겠지.

그나저나 의관 중에는 괴짜가 참 많다. 마오마오나 뤄먼 작은 할아버지도 그렇지만, 이 전직 후궁 의관이라는 아저씨는 항상 차를 권한다. 나쁜 사람은 아닌 것 같으니 상관없지만.

추서秋暑, 맑음.

라~~~~한~~~~!

그 자식, 죽여 버릴 거야!

왜 미혼 아가씨 두 명이랑 같이 살고 있는 건데!

136

초추初秋, 맑음.

라한에게 속아 서도에 오기는 했지만 정치란 게 참 귀찮다는 건 보면 안다. 내 소견에 따르면 달의 귀인은 일솜씨 자체는 평범하지만 착실하게 성과를 내는 인물이다. 문제가 일어나기 전에 싹을 제거해 버리려 든다. 하지만 세간에서는 보통 이미 일어난 문제를 해결하는 편이 인정받기 쉽다. 있단 말이야, 그런 요령 좋은 녀석들이.

그나저나 염소와 집오리, 대체 왜 내가 돌보고 있는 거지? 하지만 내가 보호하지 않으면 쥐에 씨가 자꾸 잡아먹으려 하는 걸. 어디에나 굶주린 녀석들이 하나 가득이니까.

신량新涼, 맑음.

서도에는 비가 진짜 안 온다. 물 주기가 보통 힘든 게 아니다. 부잣집에는 사치의 상징으로 연못이 만들어져 있지만, 이건 지하수를 끌어다 만든 거니까. 덕분에 숙주 키우기는 쉽다.

서도 근처에 밭을 개간했는데 제일 큰 문제는 관개다. 지하수를 끌어올려 쓰는 건 현실적인 방법이 아니다. 강에서 물을 끌어오면 좋겠지만 일이 커진다. 역시 물가 근처가 아니면 밭을 개간하는 건 무리일까.

저택과 밭을 왔다 갔다 하다 보면 알게 되는 일인데, 마을 분위기가 점점 흉흉해지고 있다. 다들 배가 고픈지 먹을 것을 두고 쟁탈전을 벌이는 일도 드물지 않다.

황해는 자연재해인데 타국의 저주라고 하는 녀석들도 있다. 그럴 리가 있겠냐.

분위기 진짜 살벌하네.

양풍涼風, 맑음.

올 것이 오고 말았다.

달의 귀인이 있는 저택에 민중이 밀려들었다. 어떡하냐, 이거. 진짜.

난 모르겠다.

추량秋涼, 맑음.

더 모를 일이 생겼다.

서도의 우두머리인가 하는 교쿠오가 죽었다니.

뭐가 어떻게 되어 가고 있는 거야?

추색秋色, 맑음.

정치 생각은 그만두자. 나는 도무지 모르겠다. 스스로 머리가 나쁜 편은 아니라고 생각하지만, 이쪽에는 소질이 없는 것 같다. 그래, 위장에 병이 나서 죽을지도 모른다. 라한이었다면 자기 알 바 아니라고 선을 긋고서 담담히 제 할 일을 했겠지. 그런 점에서는 절대 못 이긴다.

교쿠오 씨인가 뭔가가 죽은 바람에 분위기가 침울해졌다. 저택 고용인들도 기운이 없어 보인다. 하지만 밭의 작물들은 그런 것과 아무 상관없다. 오늘도 개간하러 가야 한다.

추청秋晴, 맑음.

달의 귀인이 별저에서 이사한다고 한다. 의관 아저씨와 마오마오도 따라간다는데, 나는 한동안 별저에 있고 싶다. 정원을 마음에 들게 개간해 놓았으니까. 정원사는 날 원망하지만, 수원이 가까워야 작물 키우기가 편하다.

추려秋麗, 맑음.

이사 간 본 저택에 훌륭한 온실이 있었다. 안에서는 오이를 키우고 있었던 모양인데 이미 무참하게 다 뽑힌 후였다.

마오마오는 잔뜩 신이 나서 생약 씨를 뿌리고, 온실 관리인으로 보이는 아저씨는 눈빛으로 사람을 죽일 수 있을 정도로 마오마오를 노려보고 있다.

사정을 듣지 못한 나도 무슨 일이 일어났는지 단박에 이해했다.

홍엽紅葉, 맑음.

별저의 정원을 전부 밭으로 만들었다.

본 저택에도 손을 대야겠다. 나는 마오마오 같은 짓은 안 한다. 취에 씨에게 부탁해서 제대로 허락을 받았다. 교쿠 집안의 후랑인가 하는 남자에게도 확인했으니 문제없겠지.

의관 아저씨가 한가할 때 밭일을 도와주고 있었는데, 다리를 다쳤다. 교쿠 집안의 도련님한테 얻어맞았다고 한다.

교쿠준인가 하는 이름이었는데 고용인들에게도 유난히 거만하게 굴긴 했다. 아직 교정할 수 있을 때 잘못을 바로잡아 주어야 하는데.

그래, 어쩌면 나도 할아버지랑 어머니한테 영향을 받아서 저렇게 되었을지도 모르는 일이다. 라칸 백부님이 집안을 빼앗지 않았더라면 라 집안의 도련님으로서 제멋대로 자랐겠지.

의관 아저씨 대신 호위 리하쿠 씨도 일을 도와준다. 서둘러 밭을 갈고 조개껍데기 석회를 뿌리면 밀을 키울 수 있기 때문에, 열심히 일했다.

정원사 아저씨가 나를 계속 쳐다보고 있었지만, 허락을 받았으니 괜찮겠지.

추랭秋冷, 맑음.

아버지가 고구마를 심었냐고 편지를 보냈다. 시끄러, 심었거든. 라한은 아버지의 본성을 모르는데, 고삐를 잘 잡고 있을지 알 수가 없다.

할아버지와 어머니도 괜찮으려나. 그 사람들, 잘난 척하는 주제에 약한 데가 있으니까. 괜히 자존심만 세우면 손해라니까. 할아버지도 뤄먼 작은할아버지처럼 지나치게 우수한 동생이 없었다면 조금 더 멀쩡했을지도 모르지만.

편지에 답장을 쓰고 있는데 교쿠쥰이 샤오훙이라는 사촌 여동생을 괴롭히는 모습이 보였다. 내가 다가갔더니 다급히 어딘가로 도망갔다. 흥, 그럼 처음부터 안 했으면 되잖아.

염소 이 녀석, 귀중한 종이란 말이다. 의관 아저씨한테 받은 고급 종이라고. 먹지 마.

만추晩秋, 맑음.

오늘은 본 저택의 밭을 일구었다. 구획마다 다른 밀 씨앗을 뿌렸다. 키가 작은 밀과 평범한 밀, 같은 환경에서 어느 정도 수확량이 다를지 확인하고 싶다. 그 결과를 보려면 반년 이상 걸리겠지만… 잠깐, 난 대체 언제까지 서도에 있으려는 거지? 집에는 언제 갈 수 있을까?

리하쿠 씨와 후랑이 도와준 덕분에 금방 끝났다. 후랑은 좋은 집안 도련님인데 마치 허드레 일꾼처럼 여러 가지 일을 도와주는 덕분에 큰 도움이 된다. 저런 동생을 둔 형은 행복하겠지.

일단 휴식할 겸 의무실로 향했다. 의관 아저씨가 차를 내주니까 최근 들어서는 라칸 백부님도 차 마시는 자리에 끼는 경우가 많다. 마오마오를 만나러 오는 모양이지만 마오마오는 기척을 감지하고 사라져 버린다. 뭐면 작은할아버지와 분위기가 닮아서인지, 아저씨는 라칸 백부님을 다루는 솜씨가 매우 뛰어나다. 누구에게든 장점이 있는 법이라고, 새삼 생각하게 된다.

라칸 백부님은 없었지만 대신 어린애가 하나 있었다. 아직 관례를 치르지 않은 12, 3세쯤의 소년이었다. 눈치가 빨라, 잔심부름꾼으로서 일을 잘 해내고 있다.

몇 번 스쳐 지나간 적이 있지만 이름은 못 들었다. 내게 자기소개를 하고 싶단다. 응, 정말 착하고 교육을 잘 받은 아이다. 그런데… 그렇구나, 너도 '칸쥔지에'구나. 그렇구나, 어디에나 있는 흔한 이름, 그래, 나도 정말 자주 듣는 이름이야. 흐응, 장남이구나. 심지어 자는 '하쿠운'이라니. 그래, 장남들은 대부분 그런 자를 갖고 있지. 우연히 나도 장남이거든.

뭐? 이름이 같은 사람이 있으면 개명을 해? 뭐야, 그게? 대체 무슨 각오를 갖고 사는 거야? 아니, 그런 짓 안 해도 돼. 그렇게 결심한 표정 짓지 말아 줘. 이름 겹친 것 가지고 괴롭히진 않는다니까. 아니, 잠깐만, 야, 야….

일단 나는 '라한네 형'이라고 자칭하기로 했다.

낙엽落葉, 맑음.

본 저택이 어쩐지 소란스럽다. 하지만 나는 바쁘기 때문에 대두 수확을 우선했다.

상추霜秋, 맑음.

마오마오를 보겠다고 라칸 백부님이 자꾸 찾아와서 시끄럽게 군다. 의관 아저씨는 용케 저런 사람을 상대해 준다.

마오마오는 항구 도시에 물건을 사러 나가서, 한동안 돌아오지 않을 거라고 취에 씨가 말했다. 며칠이라면 몰라도 벌써 열흘이나 안 돌아오고 있는데.

취에 씨도 안 보인다. 그리고 본 저택의 분위기도 뭔가 흉흉하다.

무슨 일이 있었구나. 하지만 내가 그 말을 입 밖에 낸다 한들 대체 뭐가 바뀐단 말인가. 그만큼의 권력이나 능력이 있다면 좋겠지만 그런 면의 재능은 없다. 괜히 끼어들어 봤자 나만 봉변을 당하고 끝나겠지.

그보다 수확한 대두를 그냥 먹을까, 가공을 할까, 숙주를 키울까, 사용법을 고민하는 편이 유의미할 거다.

초동初冬, 흐림.

라칸 백부님이 이상해졌다. 아니, 원래 이상하긴 했지만 이상한 행동을 하기 시작했다. 달의 귀인을 발견했나 했더니, 왜 갑자기 후랑을 몰아붙이는 거지? 아니, 갑자기 서류는 왜 태워? 뭘 하고 싶은 거야, 백부님?!

무서워, 백부님은 아버지와 다른 의미에서 무서워.

아니, 잠깐. 후랑, 넌 또 왜 너대로 얼굴색 하나 안 변하는 거야? 그것도 무서워. 어, 어?! 왜 불태운 서류 위에 정좌한 채로 고개를 숙이는 거야? 무서워, 진짜 무서워! 화상, 화상 입는다니까! 물, 물 어딨어!

사주師走, 맑음.

라칸 백부님이 후랑을 몰아붙인 이유는, 아무래도 마오마오를 함정에 빠뜨렸기 때문인 것 같다. 그야 당연히 화가 나겠지. 그 사람은 역린만 건드리지 않으면 사소한 민폐를 끼치는 게 전부인 아저씨인데. 아, 그리고 좀 짜증 나긴 하지만.

후랑도 이상하다. 행동 원리가 내 이해의 범위를 벗어났다. 달의 귀인을 서도의 우두머리로 눌러 앉히기 위해서는 자기 형이 방해가 되니까 없애려 했다니, 생글생글 웃는 얼굴 밑에서 그런 무서운 생각을 했단 말이야? 그 자식. 잡일도 도와주는 착한 사람인 줄 알았는데. 지난번 말은 취소다. 저런 동생은 필요 없어. 라한보다 더 필요 없어.

한랭寒冷, 맑음.

마오마오 일행이 돌아왔다. 하지만 취에 씨가 만신창이가 되어 있었다.

무슨 일이 있었던 거야, 제기랄. 오른팔은 이제 아예 못쓰게 되었다니, 너무하잖아.

세말歲末, 맑음.

취에 씨는 환자라는 핑계로 의무실에 완전히 자리를 잡았다. 부상이 심한 건 알겠지만 그걸 구실로 계속 뒹굴뒹굴 게으름만 피우고 있다. 의관 아저씨는 불쌍하다면서 열심히 보살펴 주고 있다.

서도의 우두머리도 겨우 결정이 된 모양이다.

달의 귀인이 아니라 시쿄인가 하는, 교쿠오 님의 장남이라고 한다. 참고로 못된 악동 교쿠준의 아버지이고 후랑의 형이기도 하다.

이 사람을 앉혀 놔도 괜찮을지 모르겠다.

신춘新春, 맑음.

샤오홍을 발견했다. 또 교쿠준에게 괴롭힘을 당하고 있나 싶어 다가가 보았더니, 샤오홍은 예상을 벗어나는 행동을 했다.

교쿠준을 마구 때리고, 욕설을 퍼붓고, 거의 침을 뱉을 뻔하다가 어디론가 가 버렸다. 반격도 하지 못하고 울기만 하는 교쿠쥰을 보니 입장이 완전히 뒤바뀌었다는 사실을 알 수 있었다.

나 말고 그 광경을 본 사람이 또 한 명 있었다. 마오마오였다.

무조건 이 녀석 영향이다!

초춘初春, 맑음.

올해는 반드시 멋진 밀을 키워 내고 말 거다! 그런 각오를 가지고 농촌으로 향했다. 보리밟기도 빈틈없이 해서 분얼을 촉진해야 한다. 작년처럼 엉망으로 키우는 건 용납 못 한다고.

본 저택도 새해니 뭐니 때문에 바쁜 모양이었다. 여러 가지 사정이 있을 테니 말이야, 정치 쪽에서는. 나하고는 상관없으니 농작업이나 우선하자.

한중寒中, 흐림.

서도의 저택에 돌아와 보니 아무도 없었다.

잠깐, 이게 어떻게 된 거야! 아무도, 아무도 없는 거냐고!

달의 귀인! 마오마오! 취에 씨! 의관 아저씨! 리하쿠 씨! 라칸 백부님!

대체 어떻게 된 건데!!

날 놔두고 가지 마!

○ ● ○

두툼한 공책은 누군가의 일기였다. 중앙 사람이 서도에 왔다가 돌아갈 때 깜박한 물건인 듯했다. 배를 기다리는 동안 머물렀다는 숙박 마을 여관에서 발견되었다.

공책에는 수많은 사람들의 이름이 적혀 있으나, 기록한 본인의 이름으로 보이는 기술은 한 줄도 없었다. 누구에게 돌려줘야 좋을지 알 수가 없었다. 하지만 거기에 적혀 있는 농법과 작물의 육성 기록 등을 볼 때, 농업 전문가라는 사실은 알 수 있었다.

또한 일기의 내용이 진실이라면 상당한 고관이라는 사실도 유추할 수 있었다. 황족에게 직접 말을 걸기 위해서는 관위官位가 필요하다.

하지만 여관 주인이 일기를 가져다주려 하니, 고관 중에 농업 전문가는 없다고 했다. 그럴싸한 사람은 있지만 이미 오래 전 중앙에 돌아온 인물이며, 숙박 마을에 일지를 놓고 갈 리가 없다고 했다.

난처해진 여관 주인은 공허한 눈빛으로 보리밟기를 하는 정원사들에게 일기를 맡겼다. 신기하게도 술서주에서 가장 훌륭하고 아름답다고 알려져 있는 서도 우두머리의 정원은 보리밭이 되어 있었다.

후일, 일기는 농업서로 편집되었으나 여전히 작자 미상인 채였다.

중앙 놈들에게 정원을 실컷 짓밟힌 정원사들이 사소한 복수로 일기를 돌려 읽다가 우연히 어떤 학자의 눈에 띈 결과였다.

9 화 : 옌옌의 휴일

　의관의 휴일은 기본적으로 열흘에 한 번이다. 바쁠 때인지, 한가할 때인지에 따라 앞뒤로 조금 달라질 때가 있다.

　옌옌을 비롯한 의관 보조들도 기본적으로 똑같다.

　하지만 이 휴일을 받는 방식에 문제가 있다. 옌옌으로서는 좌시할 수 없는 문제였다.

　그것이 무엇이냐….

　"왜 아가씨만 출근하는 거죠?"

　"당번제니까요."

　옌옌의 질문에 마오마오는 어이가 없다는 표정으로 대답했다.

　"전 기쁘게 출근할 텐데요."

　"요우 의관님이 그러지 말라고 하셨으니까 포기하세요."

　"마오마오는 누구 편인가요?"

　"옌옌은 야오 씨를 대할 때만은 다른 때와 열정이 다르잖아

요. 아니, 그보다 저도 휴일인데 왜 불러낸 건가요? 불평 들어
줄 상대가 필요해요?"

마오마오는 의아한 표정이었다. 지금 옌옌과 마오마오가 있
는 곳은 라칸 저택의 별채다. 야오와 옌옌이 빌려서 사는 방이
었다.

마오마오와 휴일이 겹쳤기에 이렇게 방으로 불러냈다. 아니,
옌옌이 이른 아침부터 마오마오를 숙사에서 끌어내 데려왔다.

"전 웬만하면 이 집에 있고 싶지 않아요. 그리고 오후에 볼일
이 있으니까 그 전에는 돌아갈 거예요."

마오마오는 불편해 보였다. 마오마오는 라칸의 혼외자다. 본
인은 인정하기 싫은 모양이다. 가끔 마오마오를 불러내는 편지
가 오는 모양이지만, 전부 무시하고 아궁이에 태워 버리는 것
같다.

"안심하세요. 라칸 님의 오늘 일정에는 늦은 오후에 결코 빠
질 수 없는 회의가 있으니까요. 부관분들이 최선을 다해 회의
에 끌고 갈 테니까, 저녁 무렵에나 돌아오실 거예요."

"왜 옌옌이 그 괴짜의 일정을 알고 있는 건데요?"

"이 집 고용인분들과 나름대로 양호한 관계를 쌓아 놓았거든
요."

그렇지 않았다면 야오와 옌옌은 진작 이 저택에서 쫓겨났으
리라.

마오마오는 귀찮다는 듯 차에 곁들여 나온 전병을 깨물었다. 옌옌은 마오마오가 단것보다 짭짤한 것을 좋아하며 바삭바삭한 식감을 즐긴다는 사실을 잘 알고 있었다. 차도 고급 찻잎이 아니라 잡맛이 많은 서민적인 차를 좋아한다.

옌옌은 마오마오가 남들보다 소식하지만 입맛이 까다롭다는 사실을 알고 있다.

"그래서 대체 무슨 일로 저를 부른 건가요?"

마오마오는 의자에 등을 기대고 앉아 다리를 꼬았다. 야오 앞이었다면 주의를 주었겠지만, 오늘은 없으니 원하는 자세로 앉도록 내버려 두기로 했다. 억지로 끌고 온 입장이니 어쩔 수 없다.

"감 좋은 마오마오라면 대충 예상할 거라고 생각하는데요."

"야오 씨가 없는 때를 노린 걸 보니 야오 씨와 관련된 문제이며, 또한 숙사를 나와 괴짜네 저택에 살게 된 일과 관련된 것 같네요."

"잘 알고 계시는군요."

옌옌은 차를 한 모금 마셨다. 가격에 비해 풍미가 좋은 찻잎으로, 살짝 덖어서 향긋했다.

"아가씨를 라한 님의 마수에서 구해 주세요!"

"……."

마오마오는 실눈을 뜬 채, 넋이 나가 입을 딱 벌렸다.

"그 표정은 뭐죠?"

"아무것도 아니에요….."

아니, 뭔가 있는 표정이긴 한데 캐물어 봤자 소용없어 보인다. 어른에게는 뻔히 아는 일을 굳이 추궁하지 않는다는 처세술이 있다.

"아무튼 아가씨는 아직 젊으세요. 라한 님에게 농락당하고 있는 게 분명해요."

"아아… 네."

"왜 그렇게 멍한 눈빛인 거죠?"

"그렇지 않아요."

마오마오의 목소리는 뺏뺏했다. 아무런 감정도 깃들어 있지 않았다.

"그렇다면 다행이지만요."

마오마오는 큰 흥미가 없을지도 모르지만, 라한의 의붓여동생으로서 책임을 져 줘야 한다.

옌옌은 후회하고 있었다. 라한은 연상의 과부만 좋아한다고 생각했다. 외모도 곱슬머리에 여우 눈, 도저히 못 봐줄 정도로 못생기지는 않았지만 그렇다고 미남이라 하기도 힘들다. 무엇보다 야오보다 키도 작은데.

"사실이긴 하지만 말이 좀 심하긴 하네요."

아무래도 옌옌의 마음속 소리가 밖으로 흘러나와 마오마오에

게까지 들린 모양이었다.

"아가씨는 대체 왜 그런 남자를!"

"…즉, 야오 씨의 희망으로 인해 이런저런 구실을 대고 이 저택에 머무르고 있지만 옌옌 입장에서는 후딱 여길 나가서 라한과 거리를 두고 싶은데, 당사자인 야오 씨의 말을 거스를 수가 없다. 그러니까 저한테 어떻게 좀 해 보라는?"

"바로 그거예요!"

마오마오는 귀찮다는 표정을 지었다. 뭐, 사실 귀찮지 않은 표정을 짓는 경우가 드물다.

"아가씨는 아직 젊으세요. 한때의 착각이 분명해요."

"그렇겠죠."

"그렇지 않고서야 그렇게 땅꼬마에, 곱슬머리에, 눈도 째진 남자 따위를…."

"또 그 소리."

옌옌은 주먹을 불끈 부르쥐었다. 마오마오는 뭔가 생각에 잠긴 눈치였다.

"뭐죠? 뭐 하고 싶은 말이라도?"

"아뇨, 한때의 착각이라면 어쩔 수 없겠지만 야오 씨가 사람의 외모에 크게 신경 쓰지 않는 사람이라는 건 알겠어요."

"네, 우리 아가씨니까요! 사람을 외견으로 판단하는 얄팍한 짓은 안 하시죠!"

"……."

마오마오는 끈적한 시선으로 옌옌을 바라보았다.

"뭐죠, 그 가자미 같은 눈은?"

"아뇨, 아무것도 아니에요. 그렇다면 야오 씨는 라한의 내면을 보고 한때의 착각을 하셨다는 말이 되네요."

"그, 그건….”

말도 안 된다고, 옌옌은 생각하고 싶다.

마오마오는 어이없어하면서,

"라한의 내면은 솔직히 쓰레기고, 어디가 좋은 건지 저는 모르겠지만요."

"네, 역시 그렇죠? 저도 마오마오랑 같은 의견이에요. 미혼 여성이 이 저택에 사는 건 바람직하지 않다면서, 냉정하게 내쫓으려던 몹쓸 분이라고요."

"이 저택에 계속 눌러 살고 싶지 않은 거 아니에요~? 나가고 싶은 거 맞죠~? 지금은 그것 때문에 의논하려고 절 불러낸 거죠~?"

마오마오가 묘하게 말끝을 길게 늘였다. 묘하게 짜증 나게 만드는 말투였다.

"마오마오. 뭐죠, 그 시선은?"

"아뇨. 옌옌은 아가씨 일만 되면 별별 모순조차 신경 쓰지 않는다고 생각했을 뿐이에요."

"아가씨를 중심으로 세계가 돌아가니까 당연한 일이죠. 하늘의 별이 북두칠성을 중심으로 돌듯, 세상 사람들은 아가씨를 중심으로 돈답니다."

옌옌은 하늘을 향해 양팔을 펼치며 말했다.

"옌옌, 불경죄로 처벌당할 수 있으니 궁정에서는 그 발언을 삼가세요."

옌옌은 태도가 불경하기로 말하면 마오마오가 더하다고 생각했다.

"그나저나 라한의 내용물이라니. 상대에게 값어치를 매기는 성격은 좀 그렇긴 해요."

마오마오는 전병을 와작와작 먹어 치웠다. 옌옌은 어른이므로 '마오마오도 마찬가지잖아요?'라는 말이 목구멍 너머로 튀어나오는 일은 없었다.

"야오 씨는 그 녀석의 어디가 그렇게 마음에 드는 걸까요?"

"제가 묻고 싶다고요. 마오마오는 짚이는 데 없어요?"

"…어디까지나 제 상상이지만, 라한은 일반적인 기준을 알면서도 자신의 기준을 명확히 갖고 있어요. 아마 전형적인 여성의 행복을 싫어하는 야오 씨에게는 그 부분이 신선하게 느껴지지 않았을까요?"

"독자적인 기준이란 말인가요? 성차별이 아니라 순수하게 실력을 봐 준다는 건 알겠어요. 뭐, '라 일족'에는 온통 그런 사람들이 넘쳐나니까요. 마오마오도 그렇고, 라칸 님도 그렇고."

"저하고는 상관없는 일이고, 그 괴짜 이름은 꺼내지 말아 줄래요?"

마오마오는 잔뜩 찌푸린 얼굴을 전면에 드러냈다.

"이름 정도는 상관없잖아요."

"왠지 이름을 꺼내면 나중에 쫓아올 것 같지 않아요?"

"그건 이해되네요."

관심이 있을 만한 이야기를 하고 있으면 뒤에서 불쑥 모습을 드러낸다. 옌옌도 몇 번 겪었다.

"실력주의로 봐 주고, 높으신 분의 관계자인지 아닌지, 또 연공서열이나 성별 같은 건 고려하지 않으니까…. 어떤 의미에서는 야오 씨의 이상형에 가까울지도 모르겠네요."

"이, 이상형?! 그, 그럴 리가 없어요!"

옌옌은 손짓발짓으로 부정했다.

"아가씨에게는 더 잘 어울리는 남자분이 계실 거예요. 그게 하필이면 고르고 골라 라한 님이라니…."

"그런 이상형을 말한 게 아닌데요. 뭐, 어쨌든 옌옌에게도 야오 씨를 시집보낼 마음이 있긴 하군요."

"데릴사위를 들일 거예요. 제 눈에 찬다면."

"평생 무리겠네요."

어이가 없다는 표정으로 마오마오가 과장스럽게 한숨을 내쉬었다.

"그렇지 않아요!"

마오마오에게 이상적인 야오의 신랑감에 대해 설명하려는데 문을 두드리는 소리가 들렸다.

"누굴까요?"

마오마오는 기둥 뒤에 숨었다. 어쩌면 라칸이 왔을지도 모른다는 생각에 경계하는 모양이었다.

"죄송합니다, 실례하겠습니다."

라칸의 목소리가 아니라, 아직 변성기가 오지 않은 앳된 소년의 목소리가 들렸다.

들어온 사람은 스판四番이었다. 라칸의 저택에서 일하는 아이이며, 눈치가 매우 빠르다. 라한이 집세를 통 안 받아서 스판에게 돈을 건네고 있다. 스판은 받은 돈을 슬쩍하는 일이 어리석은 짓이라는 것을 알고 있으므로 횡령하지 않는다. 그런 짓을 하려 들었다가는 라칸에게 들켜서 쫓겨나고 말리라.

"무슨 일인가요? 손님이 와 계시는데요."

"그것도 알고 있습니다. 하지만 야오 님이 계시지 않는 지금이 마침 좋을 것 같아서, 말씀드리러 왔습니다."

"아가씨가 안 계시는 지금이 마침 좋다니? 무슨 말인가요?"

"산판이 옌옌 님을 만나고 싶어 합니다."

"…알겠어요."

옌옌은 마른침을 꿀꺽 삼켰다.

"볼일이 생긴 모양이네요."

마오마오는 전병을 하나 더 집고서 마침 잘됐으니 돌아가려 했다. 하지만 옌옌이 손목을 덥석 잡았다.

"마오마오도 같이 가요."

"아뇨, 전 방해꾼이잖아요?"

"산판은 상관없다고 했습니다. 오히려 편지로 몇 차례 불러냈다고 하는데요."

스판이 말했다. 마오마오는 시선을 피했다.

"옌옌과 마오마오 둘 다, 만날 의향이 있다고 전해 주세요."

옌옌이 싱긋 웃었다. 마오마오는 귀찮다는 표정으로 잇몸을 드러냈다.

약사의 혼잣말

10화 : 옌옌과 연애 이야기

안내받아 간 산판의 방은 고용인 방이라 하기에는 상당히 넓었다.

옌옌이 아는 한 라칸의 저택에는 평범한 고용인과 그렇지 않은 고용인이 있다.

평범한 고용인은 주로 라한이 데려온 사람들.

그렇지 않은 고용인은 라칸 본인이 어딘가에서 별생각 없이 주워 온 사람들이다.

군사 라칸이라 불리는 남자는 외모도 신체 능력도 평범하기 짝이 없으며, 오히려 남들보다 떨어진다 해도 좋다. 중간 키에 평범한 체구, 여우 눈, 히죽히죽 웃는 얄미운 입. 특징이라 하면 이국의 외알 안경을 끼고 있다는 것 정도일까. 일단 무관이기는 하지만 싸움 실력은 형편없다. 체력도 없고, 술도 잘 못 마시며 탈것에도 약하다. 옛날에 술서주에 있었다는 이유로 말만은 남들만큼 탄다고 한다.

솔직히, 혈통만으로 요직에 앉아 있는 멍텅구리. 그것이 십수 년 전까지 라칸의 평가였다.

그러다 무슨 계기가 생겨 라칸은 친아버지에게서 집안을 빼앗고 '라 일족'의 당주가 되었다. 그 후로 평가는 크게 변했다.

라칸은 본인 혼자만 있으면 구제불능 얼간이지만 타인을 부리는 데에는 그 누구보다도 뛰어난 재주가 있다. 인사 관리 면에서 라칸보다 나은 자는 없다.

상대의 특성, 특기를 순식간에 파악하며 어째서인지 타인의 거짓말을 꿰뚫어 볼 수 있다. 좋은 상사를 만나지 못한 유능한 인재들을 빼내 가서는 은혜를 베풀어, 적대하는 진영을 내부에서부터 무너뜨린다. 라칸을 적으로 돌린 자는 잘돼야 좌천, 운이 나쁘면 처형을 당한다.

현재 궁중에서 라칸을 적대시하는 사람은 없다.

그런 남자가 데려온 고용인이 평범할 리가 없었다.

산판 또한 라칸이 고른 고용인 중 한 명이었다.

키는 남자치고는 작고, 여자치고는 크다. 덩치는 야오와 거의 비슷하다. 성별은 여성이지만 대부분 남자 옷을 입고 있다. 5년쯤 전 라칸 곁으로 온 고용인이었다.

"마오마오 님, 옌옌 씨. 이렇게 부르게 되어 죄송합니다."

산판은 단정한 외모에 희미한 미소를 띠고 있었다.

"무슨 볼일이신가요?"

마오마오는 무척 귀찮은 표정으로 물었다.

"손님을 대접하려고…."

"그런 겉치레는 됐으니까 빨리 본론으로 넘어가 주시겠어요?"

옌옌이 단도직입적으로 물었다. 마오마오도 같은 말을 하려 했는지 고개를 끄덕끄덕했다. 그 와중에 차와 과자로 나온 전병은 야무지게 챙겼다. 산판 또한 마오마오의 취향을 이미 파악한 모양이었다.

"그렇군요. 딱 잘라 말씀드리겠습니다."

산판이 옌옌을 바라보았다.

"그쪽의 야오 씨에 대해서 말인데요."

"야오 씨라고요? 당신이 그렇게 부를 입장이에요?"

옌옌 입장에서는 산판이 야오를 그렇게 부르는 것을 용납할 수 없었다.

"루 시랑의 조카따님이시니까 '아가씨'라고 불러야 한다는 말인가요? 제가 조사한 바에 따르면 야오 씨는 숙부의 위광을 꺼리려하는 분이라고 알고 있는데요. 개인으로만 보면 일개 궁중 관녀잖아요? 경칭을 붙일 정도로 고귀한 분인가요?"

산판이 희미한 미소를 짓고 있었다. 단, 눈은 웃지 않는다. 아무리 봐도 시비를 거는 태도다.

옌옌이 산판에 대해 조사했듯 산판 역시 옌옌과 야오에 대해 조사했다. 겸사겸사 마오마오에 대해서도 조사했는지, 다과로는 마오마오의 취향에 딱 맞게 바삭바삭한 식감의 소금 전병이 놓여 있었다. 마오마오는 이번에도 와작와작 먹어치웠다.

"싸움을 걸려는 건가요?"

"아뇨, 그럴 리가요. 저는 서로의 이익을 위해서 옌옌 씨와 대화를 해야겠다는 생각에, 이렇게 불러낸 거랍니다."

"서로의 이익이라고요?"

"전 상관없는 얘기 같은데, 그만 가 봐도 되나요?"

마오마오가 자꾸 핑계를 대고 집에 가려 했기에 옌옌은 마오마오의 손목을 꽉 붙잡았다.

"산판 씨, 서로의 이익이란 게 대체 어떤 이익이죠?"

"이 저택에 야오 씨와 옌옌 씨가 이 이상 머물러 봤자 그 누구의 이득도 되지 않는 것 같더라고요. 그래서 새로운 주거지를 권해야겠다는 생각에, 마침 딱 좋은 매물을 찾아왔답니다. 이야기를 듣자 하니 숙사는 이미 처분했다면서요."

산판은 방 배치도가 그려진 종이를 슥 내밀었다. 지금 옌옌과 야오가 쓰는 방보다 넓고, 주방과 아궁이 개수도 많으며 우물도 가깝다.

"시장도 가깝고 치안도 좋은 곳이에요. 일터도 가까운데 집세는 고작 이 정도!"

산판이 내민 손가락 숫자는 확실히 파격적이었다. 옌옌을 대신하여 마오마오가 눈을 빛내며 손가락을 꿈틀거렸다.

"이 넓이면 약초, 가공…."

숙사는 약초를 가공하기 불편한 곳이다.

"확실히 좋은 매물이네요."

"그렇죠? 그럼 빨리 이사해 주시겠어요?"

"네, 라고 바로 대답하고 싶지만 일단 확인부터 하죠. 저희가 이 저택에 있는 게 뭐가 문제인가요?"

"의심이 많은 성격이네요. 저는 남자 집에 좋은 집안 출신의 아가씨가 계속 얹혀사는 게, 체면상 좋지 않다고 말하고 싶을 뿐이에요."

"그건 그래요. 상식적으로 생각하면 야오 님을 걱정해서 한 제안으로 보이겠지만."

옌옌은 산판을 가만히 응시했다.

"옌옌."

마오마오가 작은 소리로 부르며, 미간을 찌푸리고 팔꿈치로 쿡쿡 찔렀다.

"왜 그래요, 마오마오?"

옌옌도 마찬가지로 작은 소리로 물었다.

"아까 그 제안에 응하는 게 어때요? 매물은 괜찮은데요. 일단 사기는 아닌 것 같고. 대체 뭐가 마음에 안 들어요?"

"뭐가 문제냐 하면, 왠지 산판 씨가 아가씨를 깔보는 것 같은 느낌이 들잖아요?"

산판은 야오에게 별로 좋은 감정을 품고 있지 않다. 그것이 태도에 드러나니, 마음에 안 든다.

"기분 탓 아니에요?"

마오마오는 빨리 돌아가기 위해 옌옌을 구슬리려 들었다.

"아뇨, 기분 탓이 아니에요."

옌옌은 단호한 얼굴로 산판을 보았다.

"산판 씨의 이야기는 너무나 그럴싸하지만, 그것은 과연 아가씨를 걱정해서 하는 말일까요?"

"아뇨, 라한 님을 걱정해서 하는 말입니다."

산판은 만면에 미소를 지었다.

"라한 님이라니….'"

야오를 위해 하는 일이 아니라는 건 이해가 되지만, 저렇게까지 확실하게 말하니 어떻게 대답해야 좋을지 모르겠다.

옌옌은 고민했다.

물론 산판의 제안은 옌옌에게도 나쁜 이야기가 아니다. 하지만 거기에는 야오를 향한 경의가 담겨 있지 않다. 그게 무슨 뜻일까.

"솔직히 묘령의 처녀가 아무리 숙부의 결혼 강요가 시끄럽다 해도, 남자 집에 굴러들어와 사는 건 문제가 많다고 생각해요. 무엇보다 시끄러운 숙부님은 현재 먼 서쪽 땅에 가 계시고, 언제 돌아오실지 모르죠. 그런데 계속 눌러앉아 있는 상황을, 저는 이해할 수가 없네요."

옌옌이 산판의 발언에 끙끙거리고 있는데 마오마오가 또다시 팔꿈치로 쿡쿡 찔렀다.

"옌옌, 혹시 제안 자체는 찬성이지만 이 산판 씨가 마음에 안 들어서 고분고분 승낙하기 싫은 거 아니에요?"

"…아뇨, 그렇지 않습니다."

마오마오는 타인의 심경 변화에 민감할 때가 있다. 지금 말고 다른 때 발휘해 주면 좋을 텐데, 또 중요할 때는 안 한다.

"지금 옌옌의 얼굴, 무시무시하게 일그러져서 움찔거리고 있는데요."

마오마오가 실눈을 뜨고 옌옌을 쳐다보았다.

"기분 탓이겠죠. 아무 생각도 안 하고 있으니까요."

"그럼, 빨리 승낙해요. 그래야 저랑도 빨리 볼일을 해치울 거 아니에요."

그건 그렇지만, 뭔가 아니다.

"음… 그 점은 아가씨하고 상의를 해 봐야…."

멋대로 저택을 나간다 한들 야오가 어떻게 반응할지 모르는 일이다. 사흘 정도 대화를 안 할지도 모른다.

"이러니저러니 해도 옌옌은 야오 씨를 이기지 못하는군요."

마오마오가 어이없다는 눈빛으로 쳐다보았다.

"둘이서 소곤소곤 의논하는 건 이제 끝났나요?"

산판이 물었다.

"아가씨와 상의해 보기 전까지는 이사에 대해 뭐라고 말씀드릴 수가 없습니다."

"그래요? 옌옌 씨가 스판에게 이야기했던 이상적인 매물을 찾아본 건데요."

산판이 고개를 갸우뚱했다.

옌옌은 어째서인지 계속 상대에게 주도권을 잡혀 있는 것 같아 짜증이 나기 시작했다.

"그럼 반대로 묻겠는데, 왜 산판 씨는 저희, 특히 야오 아가씨를 내쫓으려고 그렇게 기를 쓰는 건가요? 자세한 이야기를 듣고 싶은데요."

옌옌 입장에서는 조금이라도 산판을 당황시키고 싶다는, 사소한 생각에서 내뱉은 말이었다. 하지만 산판은 표정 하나 바꾸지 않고 단호하게 말했다.

"저는 라한 님을 사랑합니다. 그분을 위해서라면 뭐든 다 할 생각입니다. 그런데 아직 새파란 꼬마 계집애가 뭘 착각했는지 짐을 싸들고 들어와 눌러앉아서 마누라 행세를 하는데, 방해가 아니고 뭐라고 하겠어요?"

"누가 새파란 꼬마 계집애라는…."

옌옌이 몸을 내밀려던 그때였다.

"푸핫!"

마오마오가 웃음을 터뜨리는 바람에, 반짝반짝 빛나는 물방울이 주위로 다 흩어지고 말았다. 지저분하기 그지없었기에 옌옌은 저도 모르게 반걸음 물러났다.

"실례했습니다."

"아뇨….."

산판의 얼굴에는 뿜어낸 차와 전병 조각이 붙어 있었다.

"산판 씨, 제정신이에요?"

"제정신이냐니, 무슨 말씀이시죠?"

마오마오의 질문에 산판은 의문으로 답했다. 손수건으로 얼굴을 닦으면서.

"그 곱슬머리 안경 말이에요. 머릿속엔 온통 돈벌이 생각밖에 없고, 여자 관계는 그저 뒤끝 없는 게 최고라면서 과부가 딱이라는 소리나 늘어놓는 녀석이라고요. 아름다운 숫자인지 뭔지가 있으면 상대가 남자라도 어떻게든 자식을 만들 수 없을까 하는 궁리나 하는 파탄 난 정신 상태의, 얼굴도 평범하고 덩치도 작은 남자잖아요? 게다가 결혼하면 시아버지로는 저 괴짜 군사가 무조건 따라올 테고요."

라한에 대한 마오마오의 평가는 틀리지는 않았으나 말이 심하다.

"알고 있습니다. 게다가 목적을 위해서라면 꼬리 자르기도 철저히 할 수 있고, 자신과 맞지 않는 상대는 자기 손을 직접 더럽히지 않고 궁지로 몰아넣으면서 증거도 남기지 않는 사람이죠. 운동 신경이 최악이라 말도 못 타고, 활도 못 쏘고. '입만 살았다'는 말이 딱인 사람이 아닐까 합니다."

"아무리 봐도 멀쩡한 남자가 아니잖아요?"

마오마오는 믿을 수 없다는 듯 손을 들었다. 마오마오의 반응이 워낙 요란했기에 옌옌은 아가씨가 꼬마 계집애라고 불린 것에 대한 분노가 조금 누그러들었다.

그리고 산판은 얼굴을 살짝 붉혔다.

"라한 님은 외모가 그리 뛰어난 분이 아닐 수도 있지만, 그래도 제게는 저답게 살 기회를 주신 분입니다. 아름다운 것을 위해서라면 자기 생각을 굽히지도 않고요."

사랑에 빠진 소녀의 표정을 짓고 있는데 미안하지만, 옌옌은 아무래도 라한을 좋게 생각할 수가 없었다.

마오마오로 말할 것 같으면 구토가 나올 것 같은 기분으로 산판을 심각하게 바라보고 있었다.

"아무리 산판 씨가 라한을 연모한다 해도 그 자식은 쓰레기예요. 이제 충분히 놀았으니 그만 안정된 가정을 꾸릴까? 이런 마음이 생기면 어디서 좋은 집안 아가씨를 데려와 결혼하고는, 지금까지의 불장난은 다 없었던 것 취급할 거라고요. 그리고 좋은 가정을 꾸리는 시늉을 하겠죠. 정말이지 몹쓸 놈이에요.

무엇보다 지금 당신의 위치로는 이 집안의 마님이 되긴 어려울 걸요. 시아버지가 저거라고요, 저거. 괜찮겠어요? 단것 밝히는 괴짜 아저씨가 졸졸 따라온다니까요?"

마오마오는 신랄하게 말했지만, 정말로 그 말이 맞긴 하다.

"그것은 충분히 잘 알고 있습니다. 그래서 저는 산판이기는 하지만 라한 님의 두 번째가 되어도 상관없습니다. 하지만 이 저택의 장래 마님이 되실 분은 제가 모시고 싶은 인물이었으면 합니다."

""…….""

옌옌은 저도 모르게 마오마오와 얼굴을 마주 보았다.

산판은 상상 이상의 광신자였다. 라한은 이렇게 위험한 사상을 가진 여자를 옆에 두고서, 그 본심도 모르고 있는 걸까.

"아니, 그만두자고요! 라한보다 훨씬 멋진 남자들이 세상에 수두룩한데!"

"마오마오 님, 라한 님과 같은 사고방식을 가진 남자분을 그리 쉽게 찾을 수 있을 것 같으신가요?"

"산판 씨, 당신은 야오 아가씨에게는 미치지 못해도 상당히 뛰어난 외모의 소유자예요. 지금은 시야가 좁아져 있을 뿐이에요. 냉정해지세요."

"여성을 외모로 선택하는, 속 좁은 남자 따위는 처음부터 안중에도 없습니다."

"아니, 그 자식은 외모만 엄청나게 밝히고, 숫자가 어쩌고저쩌고 하면서 미인에만 환장한다니까요! 현실을 보세요, 좀!"

마오마오가 산판의 어깨를 붙잡고 흔들어 댔다.

옌옌도 마오마오의 기분을 반 정도는 알았다. 왜 그런 안경잡이가 이렇게 인기가 많은지, 이해가 되지 않았다. 세상에는 도저히 인기가 많을 것 같지 않은 남자가 인기가 많은 경우가 있다. 라한 또한 그런 별 아래에서 태어난 자일까.

안 되겠다. 이렇게 위험한 남자가 있는 저택에서는 어서 도망쳐야겠어. 마음에 들지는 않지만 산판이 추천하는 매물로 빨리 이사해야 할까, 하는 생각이 들 정도였다.

혹시 만에 하나, 억에 하나이기는 하지만, 말도 안 되는 일이 일어나면 어쩌란 말인가.

야오가 라한을 사랑하고 있다면….

"아~ 안 돼! 안 돼! 안 돼! 안 돼!"

"옌옌, 완전히 딴 사람 같아요."

있어서는 안 될 일에 대한 불안이 옌옌의 마음속에서 점점 커져 갔다. 그리고 이 문제는 당분간 해결될 것 같지 않았다.

고민만이 부쩍부쩍 커지는 가운데 옌옌의 휴일은 끝나 버렸다.

11화 ⦂ 죠카라는 꽃

    수북하게 쌓인 책 앞에서 죠카는 마치 노래를 하듯 경전의 내용을 음독音読했다. 음독이라고는 해도 책을 펼치지는 않았다. 어느 책의 몇 쪽인지를 말하면 죠카가 보지도 않고 읊는다. 사서오경을 전부 암기하고 있기 때문이다.

    "언제 들어도 훌륭하구먼."

    박수를 치는 사람은 오늘 밤의 손님이었다. 죠카의 단골이자 노령의 남자, 직업은 학자다. 죠카는 '선생님'이라고 부른다.

    학문을 익히면 창관에 이렇게 자주 올 정도로 돈을 벌 수 있단 말인가. 아니, 불가능하다. 그러기는커녕 선생님은 책이란 책을 죄다 사들이는 데 돈을 물 쓰듯 쓴다. 손자나 증손자가 있어도 이상하지 않을 나이인데 아내조차 없는 것은 그 때문이다.

    그러면 어떻게 돈과 인연이 없는 남자가 '녹청관'의 세 아가씨 단골이 될 수 있을까. 그것은 남자의 뒤에 앉아 있는 소년과 관계가 있다.

아직 수염도 제대로 나지 않았다. 관례를 치른 지 몇 년, 약관弱冠도 채 되지 않았으리라.

"잘 들어야 한다. 죠카에게 인정받으면 과거에 붙은 것이나 다름없으니까."

그 단골은 학자이자 교사였다. 제자 중 몇 명은 과거에 합격했다.

기녀지만 사서삼경을 완벽하게 암기하고 있는 죠카는 과거 시험 수험자들에게 인기가 있었다. 수험 시기만 되면 녹청관에는 과거 수험자들이 줄을 선다. 죠카에게 인정을 받으면 과거에 합격한다는 소문이 퍼져, 운을 얻으러 오는 모양이다.

과거에 붙으면 삼대가 평온무사하게 살 수 있다고들 하는 세상이니, 부모들은 자식의 교육비라면 얼마든지 낸다. 아무리 소문이고, 단순한 징조에 불과하다 해도 돈을 아끼지 않는다.

이렇게 아들의 장래에 투자하는 보호자들의 돈으로 술을 마시러 오는 사람이 이 영감님이다. 녹청관은 처음 오는 손님을 받지 않으니, 수험자들은 죠카를 만나게 해 달라고 녹청관의 단골에게 부탁하는 수밖에 없다.

죠카는 기녀지만 싸구려 기녀와는 다르다. 몸을 팔지 않고, 기예를 판다. 그저 몸만 파는 기녀는 소모품이다. 병을 앓고 낙태를 되풀이하다 몸이 약해진다. 약해지면 손님을 받지 못하고, 밥도 먹지 못해 결국 죽고 만다.

죠카를 낳은 여자는 기예에 재주가 없는 기녀였다. 그저 아름다운 얼굴만 자랑하며, 젊음이 영원히 이어지리라 과신했다. 결국 시시껄렁한 남자에게 속아 아이를 임신하고, 저주를 토하며 죽어 갔다.

유곽에는 그런 바보 같은 여자가 얼마든지 있다. 죠카에게는 큰언니 같은 사람이자 마오마오를 낳은 여자도 마찬가지였다.

죠카는 무용 재능도, 장기와 바둑 재능도 없다. 그저 사람들이 싫어하는 두꺼운 책만 읽었다. 눈에 핏발을 세워 가며 암기하는 것밖에 할 줄 몰랐다. 붙임성도 없고 남자를 싫어하는 죠카는 결국 한 가지 기예를 갈고닦는 수밖에 없었다.

"굉장하네요. 저는 아직 반도 못 외웠는데."

반이라고? 그렇게 혈색 좋은 얼굴로, 왜 외우지 못했다는 거야? 그렇게 실실 웃지 말고 당장 눈앞의 책을 펼치라고. 달빛을 반사하는 눈이나 반딧불 대신 사방등 불빛이 있잖아. 얼마든지 책을 읽을 수 있잖아.

"첫 시험은 연습 삼아 한 번 보고, 그다음엔 합격할 생각입니다."

두 번째에 합격을 노리다니, 시험을 뭐라고 생각하는 걸까. 한 번에 합격하겠다는 기개가 없으면 두 번이든 세 번이든 크게 달라지지 않는다.

죠카는 묻는 말에만 대답했다. 아직 여자에 익숙하지 않은 수험자는 얼굴을 붉히면서 죠카를 잡아먹을 듯 응시했다. 그래도 죠카가 끊임없이 정중하게 맞장구를 쳐 주자 수험자는 점점 말솜씨가 좋아졌다. 술에, 그리고 자기 자신에게 취한 것이다.

그 탓인지 자랑이 한참 이어졌다. 신동이라 불리며 자랐다느니, 첫 번째에는 무리지만 두 번째에는 반드시 붙겠다느니, 하고 죠카에게 의기양양하게 떠들어 댔다.

멋진 모습을 보여 주려 한다는 건 알겠지만 죠카는 자칭 신동을 수도 없이 보았다.

선생님은 또 선생님대로 술만 맛있게 마시고 있다. 공짜 술은 그 어떤 술보다 맛이 좋으리라.

"손님, 시간 다 되었습니다."

여동이 시간을 알렸다. 시간을 재는 선향이 다 타 버린 모양이었다.

"아아, 한창 이야기가 재미있던 참인데."

"그래요, 그래. 밖에 마차가 준비되어 있으니 넘어지지 않게 조심해서 돌아가거라. 자, 술기운 때문에 다리가 휘청거리지 않니."

선생님은 제자를 먼저 돌려보냈다. 제자는 아쉬운 듯 방을 나갔다.

"어때, 저 아이는?"

선생님이 죠카에게 물었다.

"완전히 틀렸어요. 저렇게 담도 작은데 기분파이기까지 하다니. 동굴 속에서 몇 날 며칠 글을 쓸 수 있을 리가 없죠."

"여전히 신랄하구나. 그런 제자를 조금이라도 멀쩡하게 만들어야 하는 입장이 되어 보렴."

선생님은 유난히 긴 눈썹을 축 늘어뜨렸다.

"그럼, 효과 좋은 위장약이라도 사다 주세요. 긴장해서 시험 중에 화장실에 가려다 부정행위를 의심받고, 채찍질을 당하지 않도록."

과거는 그야말로 관료가 되는 등용문 그 자체이기 때문에 수단을 가리지 않고 붙으려는 자도 많다. 결과적으로 부정행위에 대한 처벌이 엄격해져, 악질적인 경우 처형을 당할 때도 있다.

"흐음, 정당한 의견이구먼."

선생님은 납득한 듯 수염을 쓸어내렸다.

"그 상태를 봐서는 20년쯤 공부하지 않으면 무리겠지."

과거에 합격하는 평균 연령은 30대 중반이라고들 한다. 정말로 한두 번 해서 붙을 시험이 아니다.

"그럼, 일단 위장약이나 사서 집에 가야겠네."

녹청관에는 약방이 있다. 예전에는 뤼몐과 마오마오가 하던 약방이지만 지금은 그 제자인 사젠인가 하는 남자가 운영하고 있으며, 위장약 종류도 있을 터였다.

"그럼, 또 오겠네."

"기다리고 있겠습니다."

사실은 안 와도 상관없다고 죠카는 생각했다. 하지만 뻔히 보이는 겉치레 인사라도 하지 않으면 할멈에게 벌을 받는다.

손님이 돌아가고 죠카는 침대에 큰대자로 누웠다. 죠카의 손님이 이 침대에서 자는 일은 없다. 죠카는 멍청한 여자가 아니다.

하지만 아무리 재녀인 척해도 기녀는 기녀다. 죠카도 이제 서른이 된다. 손님이 점점 줄기 전에 장래를 생각해야 한다.

남자를 싫어하는 죠카에게 낙적 따원 생각할 필요도 없다. 그럴 바에야 차라리 시든 나무 같은 할멈이 되어 녹청관 관리나 하는 편이 낫다.

"아~ 나른해."

침대에 누워 뒹굴고 있는데 여동이 들어왔다.

"죠카 언니."

"무슨 일이야? 오늘 손님은 끝이잖아?"

"그게, 손님이 한 명 더 와 있어요."

"뭐라고?"

죠카는 귀찮은 얼굴로 몸을 일으켜, 옷매무새를 가다듬었다.

"대체 누군데?"

오늘은 가게 문 닫았다고 단호하게 말하고 싶지만 복도에 쓸데없이 생글생글 웃고 있는 할멈이 보였다. 씀씀이가 헤픈 손님인 모양이었다.

"죠카, 손님 오셨단다. 마중 나오렴."

기분 나쁠 정도로 알랑거리는 목소리였다. 대체 돈을 얼마나 쓰기에.

"안녕, 죠카."

손님은 반년에 한 번 오는 젊은 관료였다. 가냘픈 풍모에 줏대도 없어 보여, 죠카는 몰래 버들가지 같은 놈이라고 부르고 있었다. 그 뒤에는 일행으로 보이는 남자가 있었다. 일행은 버들가지 같은 놈과 대조적으로 통나무 같은 체구를 갖고 있었다.

버들가지 같은 놈은 집안은 좋지만 본인에게는 그리 출세욕이 없다. 죠카에게서 험한 취급을 받고 희열을 느끼는 특수 취향 손님이다. 올 때마다 짓밟아 달라고 하니 정말이지 난처하다.

"오랜만에 뵙습니다."

죠카는 겉으로만 정중한 인사로 버들가지 같은 놈을 맞이했다. 마음이 깃들지 않은 동작이었지만 완벽한 태도였기에 녹청관 할멈도 지적하지는 않았다. 하기 싫은 일을 계속하기 위해 익힌 기술이었으나, 버들가지 같은 놈에게는 역효과였다.

"아아, 아주 좋아. 네 그 눈."

끈적끈적한 시선을 보내는 통에 죠카는 소름이 끼쳤다. 억지

로 관계를 강요하지는 않지만, 피곤한 손님이라는 점은 분명했
다.

"어떻게 된 일인가요? 평소에는 편지를 먼저 주시고 나서 찾
아오시지 않나요?"

죠카는 완곡하게 '면회 약속을 잡아'라고 말했다.

"오늘은 일행이 꼭 오고 싶다고 해서 말이야. 이분이 바로 그
소문의 녹청관 죠카야."

버들가지 같은 놈이 통나무 같은 놈에게 죠카를 소개했다.

"호오, 녹청관의 간판인 만큼 아름답군. 특히 윤기 있는 흑발
이 아주 훌륭해."

통나무 같은 놈은 죠카가 이미 지겹도록 들은 미사여구를 늘
어놓았다. 간판이라는 게 대체 언제적 이야기일까. 녹청관의
세 아가씨가 전성기였던 것은 벌써 몇 년 전의 일이고, 죠카도
슬슬 은퇴를 생각해야 할 나이인데.

하지만 처음 오는 손님에게 먼저 말을 걸 정도로 몰락하지는
않았다.

죠카는 고개만 숙였다.

"목소리도 들려주지 않는 거야?"

"하하하, 그리 쉽게 대화를 할 수 있으리라고 생각하진 말라
고. 나도 다섯 번 방문하고 나서야 겨우 술을 따라 주더라니
까."

버들가지 같은 놈은 시선이 너무 끈적끈적해서 기분이 나빠, 오지 말았으면 좋겠다고 생각했기에 술을 따라 주지 않았다. 포기하고 그냥 돈줄이라고 생각하자며 마음먹었던 것이 다섯 번째 방문이었을 뿐이다.

"오늘은 어떻게 할까요? 시라도 읊을까요?"

"글쎄, 오늘의 주빈은 이 녀석이거든. 이 녀석은 팡柱인데 무슨 일이 있어도 죠카를 꼭 만나고 싶다고 하기에 데려왔어."

버들가지 같은 놈이 통나무 같은 놈을 돌아보았다.

"죄송하지만 처음 오시는 손님이시군요."

통나무 같은 놈, 뜨내기손님을 상대할 생각은 없다는 의미가 담긴 말이었다.

"그렇게 말하지 말아 줘. 오늘 술값은 내가 낼 거니까."

부모 등골이나 파먹는 버들가지 같은 놈치고는 씀씀이가 시원스럽다 했더니 그런 거였구나, 하고 죠카는 이해했다. 방 밖에서 할멈이 빤히 노려보고 있었다. 받을 건 이미 받았으니 얼른 접객이나 하라는 모양이었다.

대체 돈을 얼마나 받았을까.

"과거시험을 보시려는 건가요?"

"아니, 내가 과거 수험생으로 보여?"

통나무 같은 놈은 문관보다는 무관 같은 체격이었다. 과거는 과거라도 무과라면 이해가 된다.

통나무 같은 놈이 거만하게 등을 젖히고 의자에 앉아 자작으로 술을 따라 마시기 시작했다. 버들가지 같은 놈이 그 모습을 보고 "잠깐, 잠깐만." 하고 어이없어했다.

"이봐, 죠카 씨. 당신, '카華'라는 글자대로 정말 황족 혈통이야?"

대체 목적이 무엇인가 했더니 그런 거였구나, 하고 죠카는 생각했다.

"글쎄요? 그렇게 고귀한 혈통이었다면 이렇게 밤의 꽃 노릇이나 하고 있을 리가 없겠죠?"

죠카라는 이름은 바보 같은 여자에게 분풀이하는 의미로 지었다. '카'라는 글자는 황족이 아니면 쓸 수 없다. 기녀가 그런 이름을 쓰는 것은 위험한 행위이지만 동시에 화제성도 얻을 수 있다. 무엇보다 붙임성 없고 손님을 함부로 대하는 죠카에게는 잘 어울렸다.

"아니, 가능성이 아주 없진 않을 거 아냐? 실제로 어떤 고관이 기녀를 임신시켜 얻은 딸을 궁중으로 데려와 일하게 하고 있다는 이야기도 들리던데."

"아, 그러고 보니 그런 소문도 있지."

"……."

이 통나무 같은 놈이 대체 무슨 소릴 하려는 걸까. 궁중에서 일하는 딸이라면 십중팔구 마오마오 이야기일 텐데, 마오마오의 정보를 얻어내려는 걸까.

사람 입에 빗장을 채울 수는 없다. 버들가지 같은 놈의 귀에까지 들어갔다면 이제 와서 입막음을 해 봤자 소용이 없으리라.

하지만 죠카도 귀여운 여동생을 팔아넘길 생각은 없다. 시치미를 떼는 대신 화제를 돌리기로 했다.

"어머니 말씀으로는 아버지가 고귀한 분이라고 하셨습니다."

죠카는 자신을 낳은 여자도, 또 씨를 뿌린 남자도 부모라고 생각하지 않는다. 그래도 '부모'라고 칭하는 이유는 손님들이 알아듣기 쉽게 하기 위해서다.

죠카는 자리에서 일어나 책상 앞으로 이동했다. 그리고 자물쇠를 채워 놓았던 서랍을 열고, 나무를 짜 맞춰 만든 세공 상자를 꺼냈다.

"이게 뭐지?"

이 세공 상자는 전에 손님이 준 물건이었다. 재미있는 장치가 되어 있어, 상자 한쪽을 밀면 열린다.

그 속에서는 천으로 싼 무언가가 나왔다. 펼쳐 보니 반으로 쪼개진 비취 패가 있었다. 오래된 패였는데, 표면이 쩍쩍 갈라져서 무엇이 새겨져 있는지 알 수가 없었다. 그래도 낭간琅玕이라는 최고급 벽옥으로 만들었다는 사실은 알 수 있었다.

"이런 잡동사니를, 어머니는 보물처럼 아끼셨죠."

버려도 되지 않을까 생각하기는 했다. 하지만 죠카로서는 이름을 파는 데 써먹기 좋은 도구였으며, 이렇게 의미심장하게 내보이면 손님들은 동요한다.

"이 패를 들고 가서 딸이라고 밝히면?"

"다 갈라져서 무슨 패인지도 모르겠는걸요. 무엇보다 반으로 쪼개져 있으니, 어쩌면 도난품일지도 모르죠."

죠카는 비하하듯 말했다.

죠카의 출생은 어디까지 애매한 것으로 해 두어야 한다. 소문을 퍼뜨릴 수 있을 정도로만 고귀한 혈통을 연출하는 것뿐, 누군가가 그것을 진심으로 받아들이면 곤란하다. 불경죄로 잡혀 들어가기라도 한다면 녹청관 할멈은 죠카를 망설임 없이 내칠 것이다.

실제로 죠카는 자신이 황족의 피를 물려받았다고 생각하지 않는다. 죠카의 씨앗으로 여겨지는 남자에 대해서는 고참 기녀에게서 이야기를 들었다. 생김새는 괜찮지만 짐승 냄새가 났고, 옹이가 박인 거친 손을 가진 자였다고 했다.

몇 차례 방문한 후 녹청관에 발을 끊었다는 모양이다. 차라리 도적이었다고 하는 편이 납득하기 쉽다. 녹청관에 드나드는 손님의 물결은 파도처럼 세차지만, 그것도 돈을 얼마나 가져오느냐에 따라 다르다.

어딘가에서 훔쳐 온 옥패를 팔려 했지만 흔적이 남는다. 비취 자체는 고급이므로 옥을 쪼개고 표면을 갈아서 팔려 했으나 다들 수상하게 여겨, 팔 곳을 찾지 못했다. 그래서 멍청한 기녀를 세 치 혀로 꼬드기는 김에 도난품을 선물했던 것이다.

도둑의 딸이라며 실망하는 손님도 있는가 하면 아니, 정말로 고귀한 혈통일지도 모른다고 생각하는 손님도 있다.

자, 이 손님은 어떻게 생각할까.

"딱히 부모가 누구든 나는 상관 안 해. 죠카는 죠카잖아."

버들가지 같은 놈이 열렬한 눈빛으로 바라보았지만 그쪽은 아무래도 좋았다.

볼일이 끝났기에 죠카는 깨진 옥패를 세공 상자에 집어넣었다.

"기대에 부응하지 못해 죄송합니다."

"아니, 그보다 그 패를 내게 팔지 않겠어?"

팡이라는 남자가 이상한 소리를 했다.

"보시다시피 다 깨지고 긁힌 패인데요? 가치없는 물건입니다."

"그래도 상관없어. 제법 낭만 있고 재미있는 물건이잖아."

죠카 입장에서도 깨진 옥패 따위에 별다른 미련은 없다. 하지만 여기서 간단히 팔아넘기는 건, 또 이야기가 다르다. 황족일지도 모른다는 신비성을 잃게 된다.

"죄송합니다만 팔 수 없습니다. 주위에서 보면 그냥 잡동사니로 보일지도 모르지만, 제게는 어머니의 유품입니다."

죠카는 살며시 고개를 숙이며 여동에게 눈짓을 했다. 여동은 죠카의 의도를 눈치채고 할멈을 부르러 갔다.

"어머니의 유품을 돈으로 바꿀 수는 없습니다."

바꾸게 된다면, 그것은 기녀를 그만둘 때다.

"이봐, 팡. 죠카를 곤란하게 하지 마."

"그럴 생각은 아니었어."

말은 그렇게 하면서도 팡이라는 남자는 세공 상자에서 시선을 떼지 않았다.

"자, 자. 어르신들. 이제 선향도 다 탔어요. 끝날 시간이에요."

녹청관 할멈이 들어와 손뼉을 요란하게 쳤다.

"오오, 그렇군. 팡, 그만 가자."

버들가지 같은 놈이 팡을 끌어당겼다. 평소에는 좀 기분 나쁜 손님이라고 생각했는데, 물러날 때는 깨끗하게 물러나는 인간이었다.

"안녕히 가십시오, 어르신."

죠카는 늘 그렇듯 붙임성 없는 얼굴로 배웅했다.

1 2 화 ː 죠카와 여동생 같은 아이

죠카가 깨진 옥패를 손님에게 보여 준 지 한 달이 흐른 후였
다.

약 1년 만에 여동생이나 다름없는 마오마오가 돌아왔다.

"다녀왔어~"

이전과 다를 바 없는, 의욕 없는 목소리가 들려왔다.

녹청관에 온다는 편지가 미리 와 있었기 때문에 졸린 눈을 비
비며 일어나 있었다. 오늘은 낮에 밖에 나가 손님을 끄는 일이
없었으므로, 기녀들 대부분은 귀중한 수면을 취하고 있었다.

"마오마오, 오랜만이야~"

바이링이 마오마오를 껴안으려 했으나 녹청관 할멈이 가로막
았다.

"흥, 1년이 지나도 크게 달라진 데가 없군."

"할멈도."

"그나저나 도성에 돌아오자마자 바로 우리 집에 오질 않다니, 박정한 계집애라니까."

"이쪽에서도 일이 있었단 말이야."

마오마오는 확실히 피폐해진 얼굴이었다.

"젊은 게 그렇게 피곤한 표정 짓고 다니지 마라."

"이른 아침부터 다른 볼일로 불려 나갔다고."

"흐응. 아무튼 선물은 잊지 않았겠지?"

욕심 많은 할멈이 빨리 내놓으라며 주름투성이의 손을 내밀었다.

"자."

마오마오가 천으로 싼 꾸러미를 보였다. 그 속에는 회색 돌 같은 것이 들어 있었다.

"오오, 설마 진짜 용연향을 가져올 줄이야."

할멈은 손을 뻗었으나 마오마오는 건네지 않았다.

녹청관의 대청에는 다른 기녀들도 마오마오의 선물을 노리고 모여든다.

"왜 안 줘?"

"아니, 이렇게 크고 질 좋은 용연향을 그냥 건네는 건 할멈한 테 너무 과분하지 않을까 싶어서."

"나한테 실컷 신세 져 놓고서 그렇게 쩨쩨한 소리를 해도 되는 거냐?"

"호오, 호오. 매번 약값을 거의 원가 정도로만 받았던 게 사실 그 은혜를 갚느라 그런 거였다고 해도?"

"유곽 최고의 대규모 기루에서 방을 빌려줬으니 아무리 감사해도 모자라지."

"집 주인이라면 세입자를 아껴 줘야 하는 거 아냐? 좁은 가게에서 대체 얼마를 뜯어가려는 건데?"

마오마오와 녹청관 할멈의 입씨름이 시작되었다. 쿄카와 바이링은 고개를 절레절레 흔들며 얼굴을 마주 보았다.

"집세 1년 치 정도는 깎아 주지 않으면 이거 못 줘."

"아니, 두 달 치. 그런 손톱만 한 조약돌이라면 그 정도로 충분하지."

"할멈 눈은 옹이구멍이야? 이렇게 큰 용연향이 얼마나 하는지 알아?"

마오마오는 어느샌가 집세 교섭에 들어가 있었다. 지금 녹청관에 있는 약방은 사젠이라는 남자에게 맡겨 놓았지만, 집세와 제반 경비 등등은 전부 마오마오와 뤼먼이 부담하고 있다.

"뭐 하는 거야?"

호랑이도 제 말하면 온다더니, 사젠이 나타났다.

"보다시피 마오마오랑 할멈이 집세 교섭을 하는 중이야. 고용된 입장이니까 마오마오를 응원해 줘."

"바이링 누님, 오늘은 왠지 혈색이 좋네요."

"후후후후, 어젯밤에 단골손님이 1년 만에 오셨거든. 너무 오랜만이라 넉넉히 봉사해 드렸지."

단골손님이란 리하쿠인가 하는 무관을 말한다. 마오마오와 마찬가지로 1년간 서도에 가 있었다고 한다. 정력이 절륜한 남자이며 바이링과 궁합이 좋다.

"사젠, 쵸우는 어디 갔어?"

쵸우는 마오마오의 연줄로 데려온 어린애다. 창관은 어린애를 돌봐 주는 곳이 아니지만 돈을 잔뜩 쥐어 주었더니 녹청관 할멈이 받아들였다.

붙임성이 좋고 그림을 잘 그려 녹청관 기녀들에게서 평판이 좋았다. 평소에는 사젠과 함께 녹청관 근처에 있는 오두막에서 살고 있다. 원래 뤄먼과 마오마오가 살던 집이지만 두 사람 다 궁에 들어가게 되는 바람에 약방과 함께 사젠이 이어받았다.

"그 녀석요? 요새 반항기인지, 오늘 마오마오가 온다고 분명 말했는데 어디 갔는지 모르겠네요."

"그래? 그럼, 즈린도 같이 있겠네. 그 애도 참, 여동 수업도 안 받고 놀기만 한다니까."

참 난감하다며 별로 난감하지 않은 표정으로 바이링이 말했다.

"좋아, 그럼 다섯 달이야. 잊어버리지 마, 할멈."

"나 참, 이 계집애는 어쩌다 이렇게 욕심꾸러기로 컸담."

마오마오와 할멈의 교섭이 끝나자 죠카와 바이링이 다가왔다. 사젠도 마오마오에게 할 말이 있는 모양이었지만 일단 누님들에게 순서를 양보할 생각인 모양이었다.

"마오마오, 좀 야윈 거 아니야?"

바이링이 풍만한 몸으로 마오마오를 꽈악 껴안았다. 마오마오는 질식할 뻔했다.

"원래 이렇게 생겨먹었잖아. 궁에서 일하고 난 뒤로 먹이가 좋아져서인지 오히려 살집이 좀 붙은 거야."

"그래? 아무튼 차라도 마시면서 쌓인 얘기나 하자."

바이링이 자기 방으로 데려가려 하자 죠카가 막았다.

"내 방에서 얘기해."

"그럴래?"

바이링은 어젯밤, 정확히 말하면 아침까지 귀한 손님과 진한 시간을 보냈다. 아직 침대보도 갈지 않았으리라. 창관에서 태어나 창관에서 자랐지만 죠카는 남자를 싫어한다. 농후한 밤의 냄새가 남아 있는 방에는 별로 들어가고 싶지 않았다.

죠카의 방은 책장으로 둘러싸여 있었다. 과거 수험생들을 상대하기 위해서는 사서오경뿐만 아니라 여러 가지 학술서도 읽어 두어야 한다.

"조카 언니 선물은 이거야."

마오마오가 두툼한 서적을 건넸다. 경서 중에서 죠카가 갖고 있지 않은 책이었다.

"용케 찾았네."

죠카는 저도 모르게 감탄했다.

"응, 꽤 힘들었어."

마오마오는 멍한 눈빛이었다. 몇 달이면 돌아올 것이라 했던서도 체재가 1년으로 늘어났고, 그 사이 황해니 뭐니 하는 일로 고생을 많이 한 모양이었다.

"얘, 나는? 나는?"

바이링은 눈을 반짝반짝 빛냈다.

"바이링 언니는 이거."

마오마오는 비단으로 보이는 천을 건넸다. 자잘한 자수가 놓여 있는데 무엇일까.

"이게 뭐야?"

"이국의 속옷."

"와아."

바이링도 마음에 든 모양인지, 눈이 더욱 빛났다.

마오마오는 차를 마시며 주위를 두리번두리번 둘러보았다.

"왜 그래? 가만히 좀 있어."

"메이메이 언니가 안 보여서."

"아, 메이메이?"

메이메이는 녹청관의 세 아가씨 중 하나, 였다.

"낙적받아 갔거든."

"뭐?!"

마오마오는 놀라서 차를 흘렸다.

"애, 뭐 하는 거니?"

죠카는 손수건으로 흘린 차를 닦았다.

"미안. 아니, 금시초문이어서."

"그렇겠지. 서도에서도 많은 일이 있으니 고생스러울 거라면서 메이메이가 연락하지 말라기에, 연락 안 했거든."

"그치만 낙적이라니? 어디로 갔는데? 역시 옛날부터 단골이었던 사람? 이상한 손님은 아니겠지?"

마오마오가 당황하는 것도 이해는 된다. 기녀들의 목적은 좋은 남편감에게 낙적을 받는 일이지만, 모두가 좋은 남편이라고 할 수는 없다.

그런 의미에서 메이메이의 낙적 상대는 나쁘지 않았다.

"기성棋聖이라고 불리는 사람이야."

"기성?! 설마 그 사람?"

"어머, 마오마오는 아는 모양이네."

마오마오는 혼란스러운 기분이었으나, 어떻게든 냉정해져 보려고 중얼중얼 읊었다. 무슨 말을 읊는지 잘 들어 보았더니 약초와 독초 이름이었다.

"메이메이 언니가 왜 그 사람한테 낙적받은 건데? 녹청관 단골이었어?"

"그게 있지. 너희 아빠…가 아니라 라칸 님이 말이야, 서도로 출발하기 전에 이리로 기성을 데려왔어."

기성은 라칸에게 바둑 둘 만한 상대가 혹시 없느냐고 물은 모양이었다. 그러자 녹청관으로 데려와, 메이메이를 지명했다고 한다.

"메이메이 언니는 그 히죽히죽 지저분한 웃음을 짓고 있는 덥수룩 수염 아저씨의 상대를 계속 했으니까 말이지."

"하긴, 그 사흘은커녕 열흘도 목욕 안 한 듯한 중년 냄새가 풀풀 풍기는 아저씨의 바둑을 계속 봐 왔지."

메이메이는 겸손한 태도였지만 아마 생전의 펑시엔보다 실력이 뛰어나리라.

"후후후, 두 사람 다 말이 너무 심하네."

바이링이 웃었다.

"기성은 반년쯤 드나들다가, 메이메이 언니를 낙적하고 싶다고 하더라고."

"메이메이는 망설였지만 말이지. 할멈이 이보다 더 나은 신랑감이 없다고 계속 등을 떠민 거야."

"그랬구나."

마오마오는 납득한 표정이었다.

"기성은 라칸 님과도 아는 사이고, 도성에 살고 있으니까 마오마오가 메이메이를 만나겠다고 하면 언제든지 만날 수 있을 것 같아서 굳이 편지하지 않았어."

"으음… 그치만 놀라긴 했어."

조카도 같은 생각이었다.

"그래도 메이메이는 행복한 거야. 기성이 메이메이를 제자로 삼겠다고 했거든."

"제자라…. 아무리 그 말이 사실이라 해도 가족이 별로 달가 워하진 않았을 것 같은데?"

"부인은 이미 고인이고 자식도 없대. 기성이 된 후로 접근한 친척들과는 전부 인연을 끊은 모양이고. 제자는 많다고 하지 만, 메이메이 언니라면 잘 해 나갈 수 있을 거야."

메이메이는 숙련된 기녀다. 타인의 사소한 심경 변화를 읽어 내는 일은 녹청관 기녀들 중에서도 가장 뛰어났다.

"무엇보다 라칸 님의 소개라고 하면 아무도 손대지 못하겠지."

마오마오는 복잡한 표정을 지으면서도 납득해 준 모양이었 다. 기녀는 낙적이 최종 목표 지점이라고들 하지만, 그 후로도 인생은 이어지는 법이다. 뒷배가 없는 것보다는 있는 편이 낫 다.

"제일 큰 이야기는 메이메이 일이고, 그 외에는…."

죠카와 바이링은 1년간 있었던 일들을 마오마오에게 이야기 했다.

사젠이 어찌어찌 약방을 꾸려 나가고 있다는 이야기.

쵸우가 최근 반항기라는 이야기.

메이메이가 낙적된 후, 즈린의 언니가 현재 녹청관에서 세 번째로 잘나가고 있다는 이야기.

"그리고 황해의 영향인지, 전체적으로 물가가 올랐어."

"그렇구나."

마오마오는 전부 예상하고 있던 이야기였기에, 메이메이의 이야기 외에는 크게 놀라지 않았다.

앞으로 메이메이뿐만 아니라 바이링에게도 낙적 이야기가 들어오리라는 생각이 들었다.

녹청관의 세대교체는 어쩔 수 없는 일이지만, 죠카는 자신 혼자만 남겨지는 기분이 들었다.

하지만 그 불안한 마음을 드러낼 생각은 없었다. 기녀 죠카는 긍지 높고 고귀한 혈통의 여자, 손님에게 그런 인상을 주어야만 한다. 그리 쉽게 약한 소리를 내뱉어서는 안 된다.

하지만 죠카도 묘한 기분이 들 때가 있었다. 지금 눈앞에 있는 마오마오. 죠카 자신과 같은 입장이라고만 줄곧 생각했던 여동생 같은 아이. 불쌍해서 젖먹이 때 많이 돌봐 주었다.

하지만 죠카와 마오마오가 나아가는 길은 전혀 달랐다.

같은 기녀 어머니를 두었지만, 기녀의 길을 택한 죠카와 약사의 길을 택한 마오마오. 아니, 죠카에게는 기녀의 길밖에 없었다. 마오마오에게 다른 길이 준비되어 있었다고 해야 좋을까.

만일 죠카에게, 마오마오의 뭐면 같은 존재가 있었다면 다른 인생을 살았을까? 죠카는 어쩌면 있었을지도 모르는 인생을 상상하면서 자신의 인생을 후회하는 게 아니었다. 동시에 마오마오를 질투하는 마음 따위를 품지도 않았다. 그런 생각을 품어 봤자, 죠카 자신이 쌓아 올린 무언가를 무너뜨릴 뿐이니까.

죠카가 그런 생각을 하고 있을 무렵, 옆에서 바이링은 마오마오에게 서도에서 어떤 일이 있었는지를 물었다.

의관 보조로서 서도로 향한 일.

괴짜 군사가 같이 따라와 귀찮았던 일.

라한네 형이라는 남자도 온 일.

황해가 벌어진 일.

도적의 습격을 받은 일.

더러 이야기를 생략한 부분이 있는데, 아마 외부에 발설할 수 없는 이야기인 것 같았다. 궁에서 일하다 보면 입 밖에 내면 안 되는 일에 엮이는 경우도 있으리라. 물론 녹청관에 오는 손님들 중에는 그것을 이해하지 못하고 나불나불 떠들어 대는 자들도 많지만.

"있지, 있지. 그 도적의 습격을 받은 이야기를 구체적으로 좀 자세히 해 주면 안 될까?"

"바이링 언니, 마오마오가 난감해하잖아. 자꾸 묻지 마."

깊이 파고들려 하는 바이링을 죠카가 말렸다.

"그나저나 라한네 형이란 건 대체 누구야?"

이것만은 마음에 걸렸다. 마오마오의 이야기 속에서 제일 많이 등장한 이름이다. 아니, 이걸 이름이라고 해도 좋을지 모르겠지만.

"라한의 형이고, 이번 원정 최고의 공로자야."

"아니, 그게 대체 무슨 소리야?"

"그런 공로자를 놔두고 왔다고?"

라한네 형이라는 사람이 아무튼 어마어마하게 고생을 했다는 사실은 잘 알았다.

"마오마오, 있잖아. 그 외에도 또 얘기할 거 있지 않아?"

"뭐가?"

마오마오는 알아차리지 못한 모양이었지만 여행 전과 후의 분위기가 조금 다르다. 죠카는 물론이고 남의 연애 사정에 민감한 바이링이 놓칠 리가 없다.

"흐음~ 시치미 떼려고? 그럼, 홀딱 벗겨서 자백할 때까지 계속 간지럼 태우는 수가 있어."

"윽…."

마오마오는 얼굴이 새파래졌다. 녹청관 최고, 아니, 유곽에서 최고로 밤일에 능숙한 바이링이 간질이기 시작하면 마오마오는 도저히 버티지 못한다.

죠카도 마오마오의 비밀 엄수 의무 사항을 깊이 캐물을 생각은 없지만, 그것 말고 다른 쪽이라면 장난기가 싹튼다. 물론 마오마오가 진심으로 싫어하면 억지로 파헤치고 싶지 않다. 그러나 마오마오의 표정은 예전과 분위기가 달랐다.

"따, 딱히 그렇게 대단한 일은 아냐."

"거짓말 마. 언니한테 뭘 숨기려 하다니, 통할 것 같아? 좋아하는 사람 생겼지!"

바이링의 손이 마오마오를 스르륵스르륵 쓰다듬었다. 마오마오는 마치 털이 거꾸로 솟구친 고양이처럼 반응했다.

"하, 하지 마, 진짜로."

마오마오는 바이링의 간지럼 앞에서도 말할 생각이 없는 모양이었다. 반대로 바이링은 그 반응이 더욱 구미를 당기는지 눈이 살짝 촉촉해지고 열기까지 띨 정도였다.

바이링이 반응하는 건 연애 문제다. 죠카는 자신이 마오마오와 같은 연애관을 갖고 있다고 생각한다. 만일 자신이 사랑에 빠질 경우, 주위에서 놀리는 게 싫다. 그것 때문에 더욱 사랑이라는 단어와 거리를 두게 된다.

따라서 마오마오를 이 이상 몰아붙이는 건 가엾다는 생각이 들었다.

"바이링 언니, 그만해. 버릇 잘못 들이면 그야말로 나중까지 영향이 갈 거야."

"어머, 그건 그러네."

간지럼을 견디던 마오마오는 바닥에 누운 채 움찔움찔 경련했다. 몇 초 후 부스스 일어나, 원망스러운 눈빛으로 바이링을 노려보았다.

"어차피 마오마오라면 바이링 언니가 재미있어할 만큼 뜨거운 연애 같은 걸 하지도 않았을 거야. 보나마나 상대가 너무 끈질기게 굴어서, 할 수 없이 상대가 포기할 때까지 기다리려고 했는데 인내심 싸움에서 패배하고 만 거지?"

마오마오는 눈을 깜빡거리며 죠카를 바라보았다. 죠카는 어림짐작으로 대충 한 말이었는데 정곡을 찔렀나 보다. 죠카는 커다란 한숨을 내쉬었다.

"마오마오, 넌 운이 좋은 거야. 상대가 쓸데없이 끈질기고 집요하고 체념 못 하는 인간인데 심지어 거기다…."

"너무 헐뜯네."

바이링이 농담조로 끼어들었으나 죠카는 무시했다.

"네가 져 줘도 되겠다고 생각할 만큼은 괜찮은 인간이란 거잖아."

마오마오가 시선을 떨구었다. 그것이 마오마오가 쑥스러움을 감출 때 하는 동작이라는 사실을, 죠카는 잘 알고 있었다.

죠카는 흐뭇한 동시에 부러운 기분도 들었다. 비슷한 환경에서 태어났는데, 비슷한 가치관을 가지고 있는데, 어떻게 이렇게 나아가는 길이 다를까.

"상대가 누구인지 몰라도 굉장히 인내심 있는 사람인가 보네."

누군지 모른다는 건 거짓말이다. 마오마오가 한동안 약방으로 돌아와 있을 때, 꾸준히 그곳을 드나들던 귀인이 있었다. 마오마오가 궁중에서 일하게 된 것도 그 귀인의 배려였다.

알고 있지만 모르는 척해 주는 것이 죠카의 상냥한 점이었다.

"하지만 한 가지만 충고해 둘게. 그냥 받기만 하는 데서 끝나면 안 돼. 상대가 뭐든 다 준다고 해서, 그걸로 끝난다고 생각하면 안 된단 말이야. 그것을 받을 자격이 있는 사람이 되어야 해. 받기만 하는 데서 끝나는 건 이류, 삼류야."

죠카는 마오마오를 향해 그렇게 말하면서 과거의 자신을 꾸짖는 기분이었다. 마오마오는 입을 꾹 다물었다. 굳이 죠카가 말하지 않아도 마오마오는 영리하다. 스스로 깨달을 일이다.

"어머나, 얘. 죠카."

"시끄러워, 바이링 언니."

죠카는 입을 삐죽거렸다. 바이링이 마오마오 대신 죠카를 끈적끈적하게 만지작거리기 시작했기에 장소를 옮겨 책상 앞에 앉아서 다 식은 차를 마셨다.

"그러고 보니 이쪽으로 돌아오고 나서 말이야."

마오마오는 화제를 바꾸려 했다.

"돌아오자마자 바로 목매단 시체가 나왔어. 살해당했다나

봐. 심지어 괴짜 군사의 집무실에서."

괴짜 군사의 화제를 꺼낼 정도로 마오마오는 동요한 모양이
었다.

"와아."

"갑작스러운 이야기네."

하지만 관심이 안 가는 건 아니었다.

"라칸 님이 죽인 거야?"

바이링은 라칸이라면 그 정도 저질러도 딱히 이상할 것 없다
는 투였다.

"상대는 건장한 무관이었어. 그 아저씨 혼자 힘으로는 해치우
지 못해."

"그건 그렇겠네."

라칸이라는 남자는 체력이 없다. 실행할 경우, 부하들을 이용
해서 해치우리라.

실상을 들으니 죽은 남자는 남녀 간의 치정 문제로 살해당했
는데, 글쎄 세 다리를 걸쳤다고 한다.

"몹쓸 남자였잖아."

"우리가 할 말은 아닌데?"

기녀가 하룻밤에 여러 명을 상대하는 것은 드문 일이 아니다.
화장실에 다녀온다는 핑계로 손님을 기다리게 해 놓고, 다른
손님 상대를 하는 일도 있다.

"그나저나 속은 여자 셋이 공모해서 죽였다니 정말 속이 다 시원하다."

"솔직히 자업자득이라고 생각했어. 심지어 셋 다 검은 머리 미인인 걸 보니 취향이 아주 뚜렷하게 드러나더라니까."

마오마오가 과자를 먹었다.

"검은 머리?"

문득 죠카는 자신의 머리카락을 만졌다.

'호오, 녹청관의 간판인 만큼 아름답군. 특히 윤기 있는 흑발 이 아주 훌륭해.'

한 달 전 그 손님도 무관이었다.

"애, 마오마오. 그 죽은 무관 이름, 알아?"

"으음, 그러니까…."

마오마오는 생각에 잠겼다.

"왕팡이라고 했던가?"

버들가지 같은 놈이 소개했던 남자도 '팡'이라는 이름이었다.

죠카는 커다란 한숨을 내쉬었다.

"왜 그래, 죠카 언니?"

"그 남자, 어쩌면 내 손님이었을지도 몰라."

"뭐? 진짜?"

"그런 우연이 있구나."

바이링도 마오마오도 놀랐다.

죠카는 불온한 분위기를 느끼고 어떻게 할까 고민했다. 입 밖에 내야 하나 말아야 하나, 고민하면서 책상에서 세공 상자를 꺼냈다.

"그건 죠카 언니 어머니의 유품이라고 했던가?"

"뭐, 그렇지."

깨진 비취 패를 꺼내, 마오마오 앞에 내려놓았다.

"나왔다, 사생아의 증표."

바이링이 장난스럽게 말하는 이유는 죠카의 '사생아 영업'에 대해 알고 있기 때문이다.

"한 달 전, 팡이라는 남자가 이걸 자기한테 팔라고 했는데 거절했어."

"정말이야?"

마오마오는 눈이 화등잔만 해져서는 깨진 옥패를 바라보았다.

"내가 황족의 사생아라는 소문을 듣고 온 거야. 그래서 평소처럼 애매하게 대답하고 돌려보냈는데. 그렇구나, 죽었구나."

하기야 여자관계가 지저분할 것 같은 분위기는 있었다. 세 다리나 걸쳤다니 솔직히 고소한 기분도 들지만, 묘하게 뭔가 마음에 걸린다. 그리고 그런 쪽에서 죠카보다 더욱 민감한 사람이 마오마오다. 마오마오는 옥패를 빤히 들여다보고 있었다.

"죠카 언니, 이 옥패, 어떤 남자가 줬는지 나한테 말했던가?"

마오마오에게는 몇 년 전에 이야기한 적이 있었다.

"나를 낳은 여자의 말에 따르면 단정한 생김새의, 고귀한 분이라고 했어. 다른 기녀들에게서 들은 이야기로는, 얼굴은 괜찮지만 짐승 냄새가 나는 남자. 솔직히 황족으로 보이진 않았대."

"그랬지. 도적질인지 뭔지로 손에 넣은 장물을 억지로 떠넘겼을 거라고 했었지."

마오마오는 그러고 보니 그랬지, 하고 손뼉을 쳤다.

"황족이냐 도적이냐로 말하자면 아마 도적에 더 가까울 거야."

죠카는 자신의 씨에 별로 관심이 없었다. 아니, 관심이 사라졌다.

"짐승 냄새가 난다. 그리고 다른 특징은?"

"옹이가 박인 거친 손이라고 했던가. 고귀한 혈통이라면 그런 손을 가졌을 리가 없잖아."

"꼭 그렇지만도 않아."

"뭐?"

마오마오는 옥패를 가만히 관찰했다. 궁정에서 일한 마오마오라면 죠카보다 황족에 대해 잘 알고 있으리라. 바이링은 관심이 없는지 과자만 먹고 있었다.

"비취, 색으로 볼 때 낭간, 가치는 높아."

"깨지기 전부터 표면이 갈려 있는 것 같고."

"원래 크기는 3촌*쯤 되려나."

마오마오는 무어라 중얼중얼 혼잣말을 했다.

"언니, 이거 만져 봐도 돼?"

"그래."

"갈아 봐도 돼?"

"이제 와서 흠집이 좀 난다 한들 딱히 상관없어."

"바이링 언니, 비녀 좀 빌려줘."

"여기."

마오마오는 비녀 끝으로 옥패를 찔렀다. 그리고 상처의 깊이를 확인했다.

"경옥硬玉이네."

흠집이 나도 신경 쓰지 않는다고는 했지만 너무 망설임 없이 푹 찌르는 바람에 죠카도 놀랐다.

"여기, 고마워."

마오마오는 바이링에게 비녀를 돌려주었다.

"뭘 알아냈어?"

"옥패의 재료는 비취 중에서도 경옥, 단단한 재료를 사용했어. 표면의 흠집도 자연스럽게 긁힌 게 아니라 일부러 갈아 낸 흔적이고, 깨지기 전부터 이미 갈려 있었어."

※3촌 : 9센티미터.

"흐음. 왜 갈았을까? 가치가 떨어질 텐데."

"두 토막으로 쪼갠 이유는 모르겠지만, 경옥의 표면을 간 이유는 알 것 같아."

마오마오는 깨진 경옥의 표면을 어루만졌다.

"왜 갈았는데?"

"황족이나 귀족 중에는 혈육에게서 생명의 위협을 받는 경우가 있거든. 그래서 사생아라는 사실이 드러나지 않게끔 하려 했던·거야."

황위 계승권을 둘러싼, 피로 피를 씻는 정쟁은 역사상 흔히 벌어지는 일이다. 죠카의 방에 있는 역사서에도 셀 수 없을 정도로 잔뜩 적혀 있었다.

"그냥 갈기만 했다고? 차라리 버리는 게 낫지 않아?"

바이링이 단순하게 물었다.

"버리고 싶어도 버릴 수 없는, 그런 게 있거든."

죠카는 이제 그만 볼일이 끝났느냐며 옥패를 집어넣었다.

"저기, 죠카 언니. 그 옥패, 나머지 절반은 어디 있는지 모르지?"

"알 턱이 있겠어?"

"그렇겠지."

마오마오는 아직 죠카에게 이야기하지 않은 부분이 있는 눈치였다. 하지만 굳이 입 밖에 내지 않는 것을 보니, 이야기해서는 안 되거나 이야기하지 않는 편이 나을 수도 있겠다고 생각한 모양이리라.

죠카는 마오마오를 추궁하지 않았다. 물어보았다가, 지금까지 수수께끼로 남겨 두었던 출생의 비밀이 다 밝혀지면 죠카는 죠카가 아니게 되기 때문이다.

기녀를 은퇴하는 그날까지 수수께끼어린 존재로 존재하는 편이 낫다. 그것이 죠카의 장사이니 어쩔 수가 없다.

13 화 ❖ 야오와 라한네 형의 귀환

마오마오가 서도에 가 있는 동안 야오는 여러 가지 일을 배웠다.

"이봐, 섭자*."

"네."

의관의 수술을 보좌하게 되었다. 환자는 팔뼈가 부러져 산산조각이 난 상태였다. 파편을 제거해야 했다.

조수로서 곁에 있지만, 그냥 있기만 해도 속이 울렁거린다. 피 냄새, 재갈이 물려진 채 신음하는 남자의 목소리, 온갖 방향으로 부러져서 튀어나온 뼈.

입과 코를 가리기는 했지만 큰 도움은 되지 않는다. 구토기를 참고 섭자를 의관에게 건넸다.

....

※섭자 : 핀셋.

수술이 끝난 후 야오는 있는 힘껏 토했다. 옌옌이 등을 쓸어 내려 주고, 마오마오가 물을 가져왔다.

"고마워, 하지만 두 사람은 하던 일로 돌아가."

"알겠습니다."

마오마오는 잽싸게 가 버렸으나 옌옌은 걱정스러운 듯 지켜 보고 있었다.

"야오 님은 너무 무리하지 마세요. 제가 다 할게요."

일터에서는 '아가씨'라고 부르지 말아 달라고, 야오는 옌옌에 게 말해 놓았다.

"옌옌, 이건 내 일이야. 겨우 리 의관님이 허락해 주셨는데 방해하지 마."

요 1년간 야오는 가축 해체에 몰두했다. 죽이는 것도 경험했고, 내장도 나눠 놓을 수 있게 되었다.

하지만 아직 인체에는 익숙해지지 않았다.

한바탕 위장 내용물을 비운 후, 일터로 돌아갔다.

마오마오는 방금 전 수술에서 사용했던 도구를 씻고 있었다. 손이 베이지 않도록 조심하며 피와 기름기를 닦아 내고 열탕 소 독을 했다.

이 열탕 소독은, 궁중 의관들은 당연한 듯 행하고 있지만 사 실은 획기적인 일이라고 했다. 설령 수술에 성공했어도 처치에 사용한 도구에 묻어 있던 독 때문에 죽는 경우도 드물지 않다는 모양이었다.

"마오마오, 나도 할게."

야오는 마오마오 옆에 섰다. 옌옌은 다른 의관의 부탁을 받고 다른 일을 하러 갔다.

"그럼, 야오 씨는 삶은 단도를 식혀서 닦아 주세요."

"알았어."

단도를 닦아서 완전히 물기를 말렸다. 매우 중요한 일이다. 날붙이는 녹이 슬기 쉽다.

마오마오는 단도를 닦으면서 한쪽 눈을 감고 빤히 들여다보며 칼날에 이가 빠진 부분이 없는지 확인했다. 이가 빠졌으면 새로 갈고, 그래도 안 되면 새 단도로 교체한다.

마오마오는 조수가 아니라 이제 수술 자체를 맡아 하게 되었다.

원래 부상자 처치에는 익숙한 편이었으나, 서도에서 돌아온 후에는 한 단계 더 발전했다. 그렇지 않고서야 류 의관이 다른 의관들을 제쳐 두고 수술을 시킬 리가 없다. 이것은 관녀의 업무 영역을 지나치게 뛰어넘은 행위이며, 집도자란에 마오마오의 이름에 적히는 일도 없다.

이것이 현재 의관 보조 관녀의 한계다.

아무리 일솜씨가 좋아도, 밖으로 드러낼 수 없다.

야오는 그것이 분했다. 그렇다면 마오마오는 더욱 분하지 않을까. 하지만 마오마오를 보면 딱히 신경도 쓰지 않고 그저 표표하게 일만 하고 있다.

야오는 일 외에도 수많은 것들이 머릿속을 뱅뱅 돌아, 늘 벅차서 어쩔 줄을 모르는데.

"있잖아, 마오마오."

"왜 그러세요?"

"마오마오는 고민이 있긴 해?"

야오는 저도 모르게 단도직입적으로 물었다. 사람을 바보 취급하는 말투라고 생각할지도 모르겠다.

"있지요, 많이."

마오마오는 크게 신경 쓰지 않는 말투로 대꾸했다.

"상상이 안 가는데. 뭐가 그렇게 많아?"

"…인간관계라거나."

"어…."

야오는 가슴이 철렁했다. 혹시 자신을 가리키는 말은 아닐까. 하지만 직접 묻기는 두려웠다.

마오마오는 누구 이야기를 하는 걸까. 야오는 얼굴을 빤히 쳐다보았다. 마오마오는 조금 거북한 듯 입을 열었다.

"이상한 사람이 자꾸 찾아오고요."

"아, 이상한 사람."

마오마오가 직접 언급한 적은 없으나 마오마오의 친부는 칸 태위다. 괴짜 군사라 불리는 일이 많은 인물이며 한때는 마오마오의 뒤만 졸졸 쫓아다녔다. 하긴 그런 게 있으면 힘들기는 하겠지. 야오의 숙부도 시끄럽지만 아무리 그래도 변태처럼 계속 쫓아다니지는 않는다.

"힘들겠네."

"네, 힘들어요."

야오는 조금 안심하면서 다 식은 단도를 계속 닦았다.

단도 씻기가 어느 정도 끝나니 뿍뿍 터덜터덜 독특한 선율의 발소리가 울려 퍼졌다.

"안녕하세요~ 취에 씨랍니다~"

기묘한 자세를 취하는 그 사람은, 본인의 말대로 취에 씨라는 인물이었다. 스물을 조금 넘은 여성이며 달의 귀인의 시녀였지만 서도에 동행했다가 도적의 습격으로 중상을 입었다고 한다. 오른팔을 거의 못쓰게 되고, 갈비뼈와 내장도 부상을 입었지만 유난히 명랑하다.

"휴우, 오늘도 아직 몸이 아파요~ 진료랑 약을 부탁하고 싶은데, 약에는 벌꿀을 잔뜩 넣어 주세요~ 앗, 거기 당신, 따뜻한 차를 한 잔 줄 수 있을까요~?"

취에는 의무실에 들어오자마자 너무나 당연하게 의자에 앉아 근처에 있던 견습 의관을 불러서 차를 요구했다. 놓여 있던 다과도 알아서 멋대로 먹어치웠다.

뻔뻔하기 그지없었기에 류 의관도 싸늘한 눈으로 쳐다보고 있다. 까다로운 의관으로서는 내쫓고 싶겠지만, 달의 귀인의 명령이기 때문에 쫓아내고 싶어도 쫓아낼 수가 없다.

최근 들어 취에가 자꾸 오는 탓인지 의관 보조들이 류 의관 곁에서 일하는 일이 늘어났다. 환자가 여자이기 때문에 동성을 곁에 두려는 배려가 있는 모양이었다.

솔직히 정말 배려가 필요할까, 하고 야오는 생각했지만 평생 남을 부상을 입었다는 사실은 틀림없다.

야오도 처음에는 뭐 하는 사람인가 싶었지만 그 생각을 입 밖에 낼 입장이 아니므로 방관하기로 했다.

"마오마오 씨, 마오마오 씨. 같이 차나 마시는 게 어때요? 거기 아가씨도 같이~"

취에가 마오마오에게, 겸사겸사 야오에게 차를 권했다.

두 사람의 대화를 들어 보면 사이가 좋다는 사실을 알 수 있었다. 서도에서 1년간 함께 지냈기 때문인 듯했지만, 야오 입장에서는 마오마오와 더 오래 알고 지낸 건 자신이라고 말해 주고 싶었다.

"취에 씨, 취에 씨. 근무 중이라서 안 돼요. 야오 씨도 그렇고요."

"네, 근무 중이에요."

야오는 쌀쌀맞은 대답밖에 할 수 없었다. 재미없는 사람이라고 생각할지도 모르지만, 야오에게는 농담의 재능이 없다.

"어머나, 어머나. 그거 안타깝네요~"

"그보다 용태는 좀 어때요?"

마오마오의 목소리는, 형식적인 인사가 아니라 진심으로 걱정하는 듯했다.

"휴우, 갈비뼈가 부러지니 웃을 수가 없더라고요~ 그리고 잘 때 아프고 괴로워요~"

"마오마오, 약을 달여 다오. 그리고 자기 전에 먹을 진통제도."

류 의관은 취에 일은 전부 마오마오에게 맡겼다. 듣자 하니 중상을 입은 취에를 제일 먼저 치료한 사람이 마오마오라고 했다.

"그럼 마오마오 씨, 벌꿀 잔뜩, 감귤 잔뜩에 생약은 조금만 넣어 주세요~"

"생약은 왕창 넣는 선택지밖에 없어요."

마오마오는 막자사발로 생약을 갈고, 벌꿀과 감귤을 넉넉히 섞어서 컵에 담았다.

"안 귀여운데요."

마오마오는 귀찮다는 듯 녹색의 질척질척한 액체 위에 겨우 체면 차릴 정도로만 빨간 구기자 열매를 올리고 보릿짚 빨대를 꽂았다.

취에는 맛없다는 표정으로 약을 마셨다.

그 대화를 보며 부럽다고 생각하는 야오는, 배려심이 없는 걸까.

"이건 자기 전에 먹을 진통제고요. 아프지 않으면 안 먹어도 돼요."

마오마오는 약을 넣은 종이봉투를 건넸다.

"고마워요~ 이제 자면서 뒤척이지 않겠네요."

야오는 처음에 취에가 통증을 과장하는 줄 알았다. 하지만 오른팔의 붕대와 가슴에서 배에 걸친 부상 자국을 보니 대체 무슨 짐승에게 습격을 당한 거냐며 전율할 정도였다.

일개 시녀가 최고위 의관의 진료를 받는 일은, 본래는 분에 넘치는 일이다. 하지만 실제로 받고 있는 것을 보면 취에는 그만큼의 공적을 세웠다는 말이 된다.

하지만 취에를 잘 모르는 야오는 여전히 '뭐야, 이 이상한 사람은?' 이외의 감상을 품지 못하는 중이었다.

"앗, 그러고 보니 마오마오 씨."

취에가 품에서 편지를 2통 꺼냈다.

"편지 왔어요~ 취에 씨는 염소가 아니니까 먹어치우지 않는답니다~"

"염소는 서도에 두고 왔잖아요."

"형도 깜박했지만요."

"그건 말하기 없기예요."

마오마오가 손으로 크게 가위표를 그렸다.

"안심하세요. 이제 돌아올 테니까요~ 형이 탄 배가 슬슬 도착할 때가 됐어요."

"그거 다행이네요."

마오마오와 취에, 둘이서만 통하는 대화를 하니 야오는 쓸쓸해졌다. 하지만 그렇다고 대화에 끼어들 재주도 없었다.

마오마오는 편지를 빤히 들여다보았다. 발신인이 적혀 있지 않은 듯했으나, 필적과 종이로 상대가 짐작이 가는 모양이었다. 한 통은 의아한 얼굴로, 또 한 통은 각오를 굳힌 표정으로 읽는 듯했다.

"이봐, 약 먹었으면 이쪽으로 와. 붕대 갈아 줄 테니."

"네에, 네에~"

취에는 류 의관에게 불려 진료실로 들어갔다.

"마오마오도 들어와."

"알겠습니다. 야오 씨, 나머지는 부탁드릴게요."

"알겠어."

마오마오도 불려 갔기에 취에는 남은 단도를 깨끗이 닦았다.

근무가 끝난 야오는 라칸의 저택으로 돌아왔다. 그리고 어떤 인물과 마주쳤다.

"야오 님, 어서 오세요. 새로운 매물을 찾았는데 어때요?"

야오에게 어떤 집의 방 배치도를 보여 준 사람은 산판이라는 이름의 고용인이었다. 외모만 보면 미청년이지만, 실제로는 남장한 여성이다.

산판은 '다녀오셨어요?'가 아니라 '어서 오세요'라고 말한다.

"일단 이사를 먼저 하고, 마음에 들지 않으면 다시 이사하면 돼요. 매물은 얼마든지 찾을게요."

산판은 친절한 것 같지만 사실은 빙 돌려 '얼른 나가'라고 말하는 중이었다.

"아가씨, 피곤하시죠? 더운물로 목욕하실래요?"

옌옌이 산판과의 사이에 끼어들었다.

"산판 씨, 야오 아가씨는 피곤하세요. 그 얘긴 나중에 해 주세요."

"알겠습니다. 언제든 준비가 되어 있으니 사양 말고 말씀해 주십시오."

"후후, 친절하네요. 당신이야말로 지금 외출하려던 참인 것 같은데, 서두르지 않아도 되겠어요?"

야오도 조금은 어른이 되었다. 분노를 내뿜지 않고, 얼른 나가라고 돌려 말했다.

"그렇죠. 오늘은 손님이 오시니까, 두 분은 별채에서 푹 쉬세요."

산판은 잔뜩 빈정거리며 나갔다.

"⋯⋯."

옌옌은 복잡한 표정으로 산판의 뒷모습을 바라보았다.

"왜 그래?"

옌옌은 평소 같았으면 소금을 뿌렸겠지만 오늘은 하지 않았다. 그러고 보니 얼마 전의 휴일 이후로 옌옌의 상태가 조금 이상하다.

"아아, 정말 악취미야⋯."

옌옌이 무어라 중얼중얼 혼잣말을 했다.

"뭐가?"

"아뇨, 아무것도 아니에요."

옌옌은 갈아입을 옷과 수건을 준비해 주었다.

현재 야오와 옌옌이 지내고 있는 라칸의 저택 별채에는 목욕탕이 없다. 따라서 특별히 커다란 통을 마련해 목욕탕 대신 쓰고 있었다.

처음에는 본 저택의 목욕탕을 빌렸지만, 산판인가 하는 고용인이 특별히 통을 마련해 주었다. 친절한 것 같지만 실은 본 저택의 목욕탕을 쓰지 말라는 경고였다.

산판은 노골적으로 야오를 적대시하고 있다. 동시에 야오 또한 산판에게 적의를 품고 있었다.

"자, 아가씨. 어서 목욕하세요."

더운물은 이미 준비되어 있었다. 산판과 마찬가지로 라칸의 고용인인 스판은 아직 어리지만 똘똘하다. 야오와 옌옌이 돌아올 시간에 맞춰 더운물을 가져다준다.

옌옌이 더운물에 발을 담가, 적당한 온도로 조절했다.

야오는 옷을 벗고 통에 들어갔다. 목욕통에 들어가기 전에 몸을 씻고 싶었지만 설비가 갖춰진 목욕탕이 아니니 어려운 일이었다.

옌옌이 부드러운 천으로 야오의 팔다리를 문질러 주었다. 야오가 혼자 씻을 수 있다고 해도 옌옌은 통 들어 주질 않는다.

"야오 아가씨."

"왜 그래, 옌옌?"

옌옌은 야오의 머리카락을 물에 적신 뒤, 두피를 주무르듯 감겨 주었다.

"마오마오도 돌아왔으니 슬슬 이사를 고려해도 좋을 때인 것 같아요."

옌옌은 야오를 살피며 듣고 있었다.

"…그래, 하지만 이사하는 것도 큰일이니까 천천히 생각하자."

편안한 물 온도에 잠기운이 솔솔 밀려왔다.

야오가 라칸의 저택에 머문 지 벌써 1년 이상이 된다. 처음에는 숙부가 자꾸 가져오는 혼담에서 도망치기 위해 찾아왔다. 하지만 숙부가 서도에 간 후로도 계속 머무는 이유는 무엇일까.

친구인 마오마오가 걱정된다. 마오마오의 정보를 얻기 위해 연장을 희망했다.

그 마오마오가 돌아왔으니, 이번에는 어떤 이유를 만들까.

야오는 자신이 대는 핑계가 전부 부조리하기 짝이 없다는 사실을 알고 있었다. 어느샌가 라칸의 저택에서 지내는 이유가 바뀌어 있었기 때문이었다.

"저기, 라한 님은 아직 안 오셨을까?"

"아직인 것 같은데요."

옌옌은 라한의 이름을 꺼내면 울음 섞인 목소리가 된다.

"이사를 하려거든 일단 라한 님과 의논을 해야 하지 않겠어?"

"그럴 필요는 없다고 생각합니다."

옌옌이 딱 잘라 말했다.

옌옌은 라한을 싫어한다. 라한이 야오에게 쌀쌀맞게 대하는 것이 마음에 들지 않는 모양이었다.

옌옌은 틈만 나면 라한의 험담을 한다. 라한은 연상을 좋아하여 과부와 만나는 일이 많다. 그저 돈밖에 모르고, 관리인 주제에 고용인 명의로 장사를 여러 개 하고 있다. 또 과거에는 집안을 손에 넣기 위해 라칸과 손잡고 할아버지와 부모를 집에서 내쫓았다고 한다.

옌옌은 개인적인 감정 때문에 이야기를 부풀리기는 했어도 거짓말은 아닐 터였다.

야오도 라한이 선한 사람이라고 생각하지는 않는다. 하지만 라한의 행동은 악인은 아니다.

라한은 야오보다 키가 작다. 생김새도 미남이라 하기는 어렵다. 머리는 좋지만 운동 신경이 전혀 없다. 여성에게는 상냥한 것 같지만 어디까지나 표면적일 뿐, 속으로 파고들려 하면 그 순간 거부당한다.

남성으로 볼 때 매력적인가 하면 전혀 그렇지 않다. 적어도 야오의 기준에서는.

그런데 왜 이렇게 자꾸 신경이 쓰일까.

야오는 알고 있다. 라한이 자신을 마오마오의 동료로밖에 봐 주지 않는다는 사실을. 의붓여동생의 동료니까 친절한 태도를 취할 뿐이고, 그 이상을 원하면 거리를 둔다.

야오는 알고 있다. 자신의 행동은 아무 소용없다. 라한에게 다가가면 다가갈수록 멀어질 뿐이리라. 하지만 여기서 거리를 두면 두 번 다시 가까워질 수 없을 것 같아, 야오도 물러날 수가 없었다.

자신이 꼴사납고, 창피하고, 한심한데도 행동하지 않고는 견딜 수가 없다.

"있잖아, 옌옌."

"왜 그러세요?"

"옌옌은 결혼 안 해?"

"가, 갑자기 무슨 말씀을 하시는 거예요?"

옌옌은 야오의 몸을 닦았다.

"그치만 옌옌이라면 오라는 데가 많을 거 아냐?"

연령으로 볼 때 진작 결혼했어도 이상하지 않다.

"저는 야오 님을 모시고 있잖아요. 야오 님이 결혼하실 때까지, 저도 결혼할 생각 따윈 추호도 없어요."

"그런 것치고는 나를 결혼시킬 생각도 없어 보이는데?"

"그, 그렇지 않아요."

옌옌은 명백히 동요하며, 조금 떨리는 손으로 야오에게 옷을 내밀었다.

"야오 아가씨께 어울리는 남자분이 있으면 저는 기꺼이 바느질해서 신부 의상을 만들 거예요."

"그럼, 어떤 사람이 어울리는데?"

"네?"

옌옌은 또다시 동요했다.

야오는 허리띠를 묶고 젖은 머리를 수건으로 말렸다.

"그, 그건…."

별채의 거실로 가니 이미 저녁 식사가 준비되어 있었다. 옌옌이 일하는 날에는 이 또한 스판이 신경을 써서 저녁을 준비해 준다. 식단은 옌옌이 감수하기 때문에 영양 관리에도 문제가 없다.

"야오 님께 어울리는 건….."

옌옌이 크게 숨을 들이마셨다.

"정신이 똑바로 박힌 성인 남성이에요. 하지만 나이가 너무 많아서도 안 되고, 나이 차이는 열 살 안쪽이 이상적이겠죠. 신원도 확실하고 집안도 어울리는 분. 그리고 키는 6척* 정도, 체격은 다부지고, 건강한 건 당연해요. 머리는 물론 비상하면 좋겠지만, 이론에만 능해서는 안 되고 응용도 할 줄 알아야 해요. 곤경에 처해서도 포기하지 않고 행동할 수 있으며, 희망을 잃지도 않고요. 약한 자를 돕지만 함부로 폭력을 휘두르지도 않아야 해요. 얼굴은 당연히 잘생기면 좋고 제일 중요한 건 내면. 여자를 밝힐 바에야 숙맥 같은 게 나아요. 하지만 포용력이 있고, 그러나 너무 구속하지 않고, 그리고 그 어느 때에도 겸손할 것. 이게 가장 중요해요!"

옌옌은 빠른 말투로 그렇게 말을 쏟아냈다.

"그런 사람이 있긴 해?"

옌옌의 이상은 너무 높다.

"찾으면 있을 거예요!"

야오는 거짓말 같다고 생각했다. 옌옌이 자신을 결혼시키기 싫어서 일부러 어려운 문제를 내는 것 같은 기분이었다. 하지

※6척 : 180센티미터.

만 야오 스스로도 직업적으로 어중간한 상태에서 결혼하고 싶지는 않았다. 만일 가능하다면 자기 대신 아이를 낳아 줄 사람을 옌옌이 데려와 줬으면 좋겠다는 생각이 들 정도였다.

"애당초 그건 내가 아니라 옌옌의 이상형 아냐?"

"네, 야오 아가씨의 남편은 제게도 주인님이 되실 분이니까요. 이상적인 주인님에 대해 이야기하고 있을 뿐이에요!"

옌옌은 그릇에 죽을 퍼서 야오의 앞에 내려놓았다.

"그럼, 옌옌이 그 사람하고 결혼하면 되잖아."

야오는 수저를 들고 죽을 떴다. 그때 먼 곳에서 목소리가 들려왔다.

"어이~ 누구 없어~?"

누군가를 부르는, 아직 젊은 남자의 목소리였다.

"라한~ 안에 없냐~?"

누굴까? 라한을 찾는 모양이다.

"라한 님은 아직 안 돌아오셨지?"

라칸의 저택에는 고용인이 많지 않고 지금 시간대에는 특히 없다. 산판은 방금 전 나갔다.

"누구냐, 함부로 들어오면 안 돼! 이름을 대라!"

"뭐라고! 내가 누군지 모르는 거야?"

분위기가 수상쩍다. 야오는 신경이 쓰여 수저를 내려놓았다.

"아가씨가 나가실 필요는 없어요."

"잠깐만 보고 올게."

옌옌은 내키지 않는 눈치였으나 막을 생각은 없는지, 웃옷을 가져와 야오에게 걸쳐 주었다.

"너, 신입이지? 모시는 집 주인이 누군지 정도는 파악해 놓으란 말이야."

"수상한 놈들은 보통 그런 식으로 들어오지."

"뭐라고!"

저택 문 앞에서 문지기와 공방전을 벌이고 있는 사람은 20대 중반쯤 되어 보이는 남자였다. 키는 큰 편이리라. 듬직한 체구에 피부가 불그스름하게 그을렸다. 남방 출신인가 싶었지만 생김새는 중앙에 가깝다. 이렇다 할 특징은 없는 얼굴이었으나 좋게 말하면 미남이라고 표현할 수도 있었다.

소란이 난 것을 듣고 스판을 비롯한 고용인들, 그리고 라칸과 함께 돌아온 쥔지에가 나왔다.

"무슨 일이에요?"

스판이 물었다. 스판의 뒤에 있던 우판과 리우판은 불안한 표정이었다.

"이 집안 사람이니까 들여보내 달라고 우기는 사람이 있는데."

"앗, 저 사람은!"

쥔지에는 문지기와 수상한 남자 쪽으로 다가갔다.

"저기 말이야, 내 이름은….."

"라한네 형님!"

"어?"

쥔지에는 수상한 남자, 아니, 라한네 형을 향해 말했다.

"오랜만에 뵙습니다. 무슨 일이신가요? 서도에 남아서 아직 정리되지 않은 일을 하시고 있다고 들었는데요."

"아니, 남아서 일한 건…."

라한네 형이 횡설수설했다.

라한네 형이라고 부르는 것을 보니 그 이름 그대로 라한의 형인 모양인데, 전혀 닮지 않았다.

"진심으로 존경합니다. 나중에 들은 이야기인데, 황해의 피해가 그 정도로 그친 건 라한네 형님께서 술서주 전체를 돌아다니며 주의를 환기시킨 덕분이라면서요? 라한네 형님이 계시지 않았다면 아사자가 10만 명은 넘었을 거라고 라한 씨에게 들었습니다. 저, 정말 깜짝 놀랐어요. 저랑 저희 가족이 무사한 건 라한네 형님 덕분입니다!"

쥔지에가 눈을 반짝반짝 빛내며 라한네 형을 바라보았다. 그 순진무구한 눈동자에 라한네 형은 압도당하고 말았다.

"쥔지에 군, 이야기하는 도중에 미안한데 그분을 소개해 주지 않을래?"

"앗, 죄송합니다, 야오 님. 이분은 라한네 형님이세요. 라한 님의 형님 되시는 분이죠."

형님이라는 것은 알겠다. 그런데 '라한'은 '라한 님'이고, '라한네 형님'은 '라한네 형님'이라니 정말이지 뒤죽박죽이다.

산판은 이 라한네 형님을 맞으러 나갔던 모양이다. 무슨 곡절인지 길이 엇갈린 것 같지만.

"라한 님의 형님…."

문지기가 머쓱한 얼굴로 라한네 형을 바라보았다. 완전히 수상한 사람 취급을 했으니.

"저, 정말 죄송합니다."

문지기가 땅바닥에 무릎을 꿇고 고개를 숙였다.

라한네 형이라면 '라 일족'이다.

"아… 이제 됐어, 이제 됐어. 익숙하니까."

라한네 형이 문지기의 팔을 잡고 일으켜 세웠다.

"자꾸 그렇게 고개를 숙이는 것도 난처하고, 누가 데리러 오는 걸 기다리지도 않고 멋대로 돌아온 내가 잘못한 거지. 신경 안 써도 되니까 하던 일 계속해."

라한네 형은 손을 휙휙 내저으며 문지기를 쫓아냈다. 아무런 벌도 주지 않으려는 눈치였다.

"처음 뵙겠습니다. 저는 이 저택에서 일하는 스판이라는 자입니다. 뒤의 두 명은 우판과 리우판. 항구에는 산판이 마중을 나갔을 텐데, 늦어진 것 같아 죄송합니다."

"됐어, 됐어. 그렇게 멀지도 않았고. 오랜만에 오는 도성이라

산책 겸 걸어왔을 뿐이야."

"걷다니, 항구에서 이 저택까지는 상당한 거리일 텐데요?"

"포장된 길은 진짜 걷기 편하다니까."

"피곤하지 않으십니까?"

"배 안에서는 워낙 한가해서, 운동 삼아 딱 좋더라고."

라 일족치고는 야외파인 모양이었다.

야오는 어떻게 할까 고민하다가 한 걸음 앞으로 나섰다.

"처음 뵙겠습니다. 이 저택에 신세를 지고 있는 루 야오라고 합니다. 이쪽은 옌옌입니다."

야오는 일단 자기소개가 중요하다고 생각했다.

"으, 으응?"

라한네 형은 야오를 보자마자 동요했다.

"성함을 여쭈어 봐도 될까요?"

라한네 형이라고 부르는 건 아무리 그래도 너무 실례가 아닐까. 여자가 먼저 남자의 이름을 묻는 것은 예의에 어긋난다는 이야기도 있지만 야오는 일하는 여성이다. 수동적이 아니라, 능동적인 태도로 살아가고 싶다.

"그, 그러니까, 나는…."

라한네 형은 횡설수설하다 시선을 쥔지에 쪽으로 돌렸다. 쥔지에가 반짝반짝 빛나는 눈으로 라한네 형을 바라보고 있었다.

"나는 그냥, 라한네 형이라고 불러 줘."

"라, 라한네 형이라고요?"

"그래. 나는 라한의 형, 그러니까 라한네 형이야."

체념 같기도 하고 득도 같기도 한, 맑게 갠 눈빛으로 석양을 바라보고 있었다.

역시 라 일족인 만큼 이상한 사람이라고 야오는 생각했다. 동시에 라한네 형은 옌옌이 말하는 '이상적인 주인님'에 가깝다고 생각했지만, 굳이 입 밖에 내어 말하지는 않았다.

약사의 혼잣말

1 4 화 ⁝ 아둬의 진실

아둬의 궁에서는 아이들이 시끌벅적 떠드는 소리가 울려 퍼졌다. 넓은 저택 안을 뛰어다니는 아이들을 시녀가 쫓아다니고 있었다.

"위험해요. 기다려 주세요."

"싫～ 은～ 데～"

딴청을 피우며 혀를 날름 내미는 소년. 앞을 보지 않은 바람에 걸어오던 아둬와 부딪혔다.

"아, 아둬 님."

"죄송합니다." 하고 시녀가 고개를 숙였다. 시녀는 후궁 시절부터 아둬를 모시던 자인 만큼, 아무 불편 없이 지내고 있었다.

"하하하, 기운이 넘치는군. 하지만 앞을 똑바로 보고 다녀야 한다."

아둬는 부딪힌 소년을 일으켜 세웠다.

"아둬 님, 죄송해요."

소년이 사과했다.

"저기, 아둬 님. 술래잡기하실래요?"

다른 아이들이 다가와 아둬의 손을 잡아끌었다.

"오늘은 손님이 와서 안 돼."

아둬는 소년의 머리를 마구 헝클어뜨렸다. 다른 아이들도 모두 머리를 쓰다듬어 주었다.

아둬의 궁에 있는 아이들은 본래 '시 일족'의 생존자였다. '위에♬', 즉 달의 귀인에게 부탁을 받아 아둬가 보호하고 있었다.

그들은 자신들의 부모가 어떻게 되었는지 아직 모른다. 일부러 알려 주지 않았다. 감 좋은 아이들은 자연스레 입을 다물었고, 어린 아이들은 부모를 잊었다.

아이들은 시 일족이라는 사실을 잊어야 했다. 시 일족이라는 사실이 알려지면 아무리 아둬와 위에가 열심히 숨겨도 결국 교수대에 오를 수밖에 없다.

"아둬 님이 곤란하시잖아. 이쪽으로 오렴."

늘씬한 체구의 젊은이가 다가왔다. 소녀들이 비명을 지를 정도로 아름다운 외모를 갖고 있지만, 남자는 아니었다.

"스이, 네게 맡기마."

"알겠습니다."

스이레이, 이 여인 또한 시 일족의 생존자였다. 동시에 선제의 손녀이기도 하다. 스이레이 또한 공식적으로는 존재할 수 없는 인간이기 때문에 아둬의 궁에 숨어 살고 있다.

스이레이는 총명하고 냉정하며, 의술 지식도 있다. 뛰어난 인재인데 아깝다고 생각했지만 어쩔 수 없는 일이다.

"그렇지, 이제 곧 마오마오가 온다는데 스이는 만나지 않아도 되겠느냐?"

아둬는 마오마오에게 편지를 보내 놓았다. 답장이 왔고, 이제 곧 올 시간이었다.

"마오마오 말입니까? …만나지 않겠습니다."

"지난번 여로에서는 사이가 좋아 보였는데."

서도에 갈 때 아둬는 스이레이를 동행시켰다. 그때 스이레이는 마오마오와 함께 부상자를 치료한 일도 있었다.

"잘못 보셨겠지요."

아이들이 스이레이의 손을 잡아당겼다.

"모처럼 이야기를 나눌 수 있는 몇 안 되는 인간이 오는데."

스이레이의 존재를 아는 사람은 적다. 공식적으로 스이레이는 존재를 인정받지 못한다.

만날 수 있을 때, 이야기할 수 있을 때 누군가와 대화를 나누지 않으면 잊히고 말 것이다.

"내가 언제까지나 있어 줄 수도 없는 노릇이지 않느냐."

아둬는 뒷목을 긁으며 궁 안으로 들어갔다.

마오마오는 시간에 딱 맞춰 왔다. 편지를 보낸 후로 방문까지 시간이 꽤 걸린 이유는, 은거한 아둬와 달리 바쁜 아이이기 때문이리라.

"아둬 님, 오랜만에 뵙습니다."

"오랜만이에요~"

마오마오 옆에 있는 사람은 취에였다. 서도에서 큰 부상을 입었다는데, 이전과 다름없는 미소를 짓고 있다.

아둬는 취에를 통해 마오마오에게 편지를 보냈었다.

"하하하, 서도에서 큰일을 치른 모양이더군."

아둬는 긴 의자에 누워 과일 음료를 마셨다. 마오마오가 손님이라면 술을 준비해 줘도 좋았겠지만 이번에는 이야기 내용이 조금 달랐다.

"많은 일이 있었습니다."

"있었지요~ 취에 씨 이야기 들으실래요, 아둬 님?"

취에가 묘하게 앞으로 나섰다. 마오마오는 신경이 쓰이는지 아둬와 취에를 번갈아 바라보았다. 아둬가 보낸 편지를 취에가 가져왔을 때는 꽤 놀랐으리라.

"아둬 님, 취에 씨와는 어떻게…?"

"내가 취에를 통해 네게 편지를 보냈다. 그것으로 대강 짐작이 가지 않느냐?"

아둬는 탁자 위의 구움과자를 먹었다. 유락*이 넉넉히 들어가 좋은 향기가 났다.

"취에 씨의 진짜 주인은 아둬 님이라고 생각해도 되는 건가요?"

마오마오는 정확한 답을 맞혔다.

"그래."

"네, 맞아요~"

아둬와 취에가 각각 긍정했다.

"이 별궁으로 옮기고 나서 얼마 후, 주상께서 취에를 하사하셨지."

"네. 출산 후 복귀했더니 갑자기 부서가 변경된 거예요~ 너무하지 않아요~?"

취에는 일부러 그러는 것처럼 우는 시늉을 했다.

"어쩐지, 취에 씨의 행동이 달의 귀인과 안 맞는 데가 있더라고요."

마오마오는 납득한 듯 한숨을 내쉬었다.

"설명하지 않아도 된다니 다행이군."

아둬는 취에와 마오마오 앞에 구움과자를 내려놓았다. 취에는 사양하지 않고 먹기 시작했지만, 보는 사람 입장에서는 오

※유락 : 버터.

히려 많이 먹으라고 해 주고 싶다. 아둬의 명령을 충실히 지키는 바람에 취에는 오른팔을 못 쓰게 되고 말았던 것이다. 방약무인한 행동거지도 웃으며 용서해 주어야 할 정도다.

"그래. 취에는 나를 섬기고 있다."

"네."

취에는 입 가장자리에 구움과자 부스러기를 묻힌 채 긍정했다.

"주상께서 아둬 님의 명령을 그 무엇보다 우선하라고 말씀하셨어요."

"하지만 취에 씨는 계속 지… 달의 귀인을 모시는 것처럼 보였는데요."

"진시라고 불러도 괜찮다. 나도 '위에'라고 부르니까."

마오마오는 아둬를 가만히 바라보았다. 아둬가 이제부터 무슨 말을 하려는지 예상하고 있을지도 모른다. 그리고 그 예상은 아마도 들어맞을 것이다.

"아둬 님은 '달의 귀인을 행복하게 해 드리는 일'이 제가 할 일이라고 말씀하셨죠."

취에가 말하자 아둬는 긍정했다.

"그래."

마오마오는 침묵을 지켰다. 확신은 갖고 있지만, 입 밖에 내야 할지 말아야 할지 주저하는 모양이라고 아둬는 생각했다.

그러므로 아둬가 확실하게 말했다.

취에는 그 이상 할 말이 없다는 듯 의자에 기대어 앉았다. 평소에는 소란스럽지만 자기 입장은 잘 알고 있다. 이제부터 마오마오와 이야기할 내용을 그 누구에게도 발설하지 않으리라.

"위에는 내 친아들이니 말이지."

아둬가 봤을 때 마오마오는 놀라지 않았다. 마오마오는 아둬에게서 시선을 돌리고 고개를 숙이며 가벼운 한숨을 내쉬었다.

알고 싶지 않았던 의문의 대답이 강제로 눈앞에 보여진 얼굴이었다.

"그 모습을 보니 나와 위에의 관계에 대해 진작 눈치챘던 모양이로군."

"가능성은 있다고 생각했습니다."

"진짜 왕제와 내 아들이 뒤바뀐 가능성 말이냐?"

"…네."

마오마오의 얼굴에 눈치는 챘지만 직접 알고 싶지는 않았다고 적혀 있었다. 가끔 이런저런 사람들에게서 위에와 마오마오의 이야기를 들었지만, 사이가 발전하지 않은 이유를 이제야 알았다. 마오마오가 계속 피했기 때문이리라.

"왜 그런 이야기를 제게 말씀하시는 건가요?"

"아니, 뭐. 서도에서 위에와 마오마오의 사이가 좀 진전된 분위기를 풍겼다고, 여러 가지 이야기를 들어서 말이지."

마오마오는 그 순간 취에를 노려보았다. 취에는 일부러 그러는 것처럼 휘파람을 불며 천장을 올려다보았다.

아둬는 알고 있다. 마오마오는 이런 식으로 연애 사정의 정보를 공유당하기 싫어하는 성격이리라. 아둬도 예전에 주상과의 관계 때문에 놀림을 받은 적도 있었고, 주위 궁녀들의 목을 몇 번 조를 뻔한 적도 있었다. 당시 아둬는 주상을 그저 젖형제이자 소꿉친구라고밖에 생각하지 않았다. 자리가 불편하기 그지없었던 일이 똑똑히 기억난다.

하지만 남의 일이 되면 재미있어지니 참 난감한 일이다.

아둬는 안 되지, 안 돼, 하고 고개를 절레절레 저었다. 자신이 당하기 싫은 일을 타인에게 해서는 안 된다.

"위에는 내가 말하기도 뭣하지만, 굉장히 귀찮은 남자다."

"알고 있습니다."

마오마오는 멍한 눈빛이었다.

"동시에 나이가 찼으니 뭐, 조만간 궁으로 오라는 말이 있을 것이야."

"아둬 님의 편지와 함께 취에 씨에게 받았습니다."

아둬는 취에를 쳐다보았다. 취에는 일부러 그러는 것처럼 휘파람 부는 시늉을 했다.

"궁에 간다는 의미를 알고 있느냐?"

위에가 정말로 마오마오와 남녀 관계를 갖고 싶어서 불렀는지 어떤지는 모른다. 그냥 세상 돌아가는 이야기나 무슨 의논을 하고 싶을 수도 있다. 하지만 일반적으로 생각해 볼 때, 고귀한 신분의 남자가 여자를 궁으로 부른다는 것은 밤 시중을 들라는 의미다.

"저는 유곽 출신입니다."

마오마오는 크게 한숨을 내쉬었다.

"단순히 남자가 밤에 여자 방에 숨어드는 것과는 다르다. 그녀석은 이 나라에서 가장 고귀한 혈통을 물려받았으니."

"…피임 방법은 그 누구보다 잘 압니다. 뒤끝이 없도록 행동할 생각입니다."

마오마오는 어디까지나 현실적으로 생각하는 여자다. 위에가 아뒤의 아들인 이상, 선제가 아닌 현제의 아들이라는 말이 된다. 왕제, 그리고 현 황제의 맏아들은 입장이 크게 달라진다. 아직 일곱 살도 되지 않은 황후의 아들과 이미 관례를 치른 측실의 아들. 황후 입장에서는 하다못해 자신의 아들이 관례를 치를 때까지 황제에게 아무 일도 일어나지 않기를 기도하는 수밖에 없으리라.

리국의 황위는 세습제이며 장자 상속을 기본으로 한다. 본래 가장 옥좌에 가까운 자는 위에다.

황후인 교쿠요는 이국의 피를 짙게 물려받았다. 동궁이 빨강 머리라는 사실을 불쾌하게 여기는 신하도 적지 않다. 혈통을 중시하여 리화 비의 아이를 동궁으로 삼으라고 주상에게 진언하는 자도 있다.

아뒤는 옛날 황태후와 합의하여 갓난아기를 바꿔치기했다. 시간을 되돌릴 수는 없고, 위에는 진실을 모른 채로 거짓 신분을 살아가야 한다.

아뒤는 이제 와서 어머니 행세를 할 처지도 아니다. 하지만 마오마오에게 이렇게 묻고 만다.

"만에 하나의 경우, 아이를 숨겨서 키울 생각은 없느냐?"

피임약과 낙태약을 먹어도 임신이 될 때는 되는 법이다.

"그 때문에 수십, 수백의 생명이 너무나 쉽게 빼앗기지 않겠습니까?"

마오마오는 정쟁이 발발할 것을 우려했다.

"그럴 바에야 저 하나의 배를 긴 바늘로 찌르는 편이 훨씬 편하겠지요."

"바늘로 찌른다고? 그것이 유곽에서는 일반적인 낙태 방법인가?"

"아니면 수은을 마시거나 배를 때리기도 하고, 또는 냉수에 몸을 담그는 편이 좋을까요?"

마오마오는 알고 있다. 단순히 위에의 얼굴이 아름답다는 이유로 사랑에 빠질 여자가 아니다. 위에의 마음을 받아들인 이상, 그 정도의 각오가 필요하다는 사실을 알고 있다.

그렇기 때문에 아둬는 가엾다고 생각했다.

"그뿐만이 아니다. 네가 위에의 호의를 받아들였다면, 이젠 이 나라를 벗어날 수가 없게 돼."

"거의 대부분의 백성들이 나라를, 심지어 자신이 살던 땅을 벗어나는 일은 없습니다."

"그렇지."

리국 여자의 일생은 집안으로 결정된다. 좋은 가문의 자녀일 수록 멀리 외출도 못 하고, 개중에는 저택 안에서 평생을 마치는 자도 있으리라.

하지만 아둬는 멀리 보았다.

"예전에는 이 나라를 떠나 견문을 넓히고 싶었던 적도 있었다고 말하면, 내가 풋내기처럼 보이느냐?"

"아닙니다."

마오마오는 고개를 가로저었다.

"먼 땅에는 이곳에 없는 물건이 매우 많습니다. 물건뿐만 아니라 언어, 문화, 그리고 약초와 약제, 치료법 등. 풍토가 다르면 병도 다른 건 당연한 일이겠지요."

마오마오는 뒤로 갈수록 묘하게 열정적인 말투였다. 이 여자는 아둬와 마찬가지로 이방異邦에 대한 동경심이 있는 모양이었다.

서도에 두 번이나 다녀왔으니 평생의 여행을 다 한 것이나 마찬가지다. 동년배의 여자들보다 훨씬 견문이 넓다.

"후후, 내 꿈은 열네 살 때 끝났지."

아뒤는 한때 자유의 몸이었던 시절을 떠올렸다. 동궁 유모의 자식으로, 현 황제와는 젖형제로 자랐다.

"요우陽라 불러 다오."

남동생이나 다름없었던 황제는 그렇게 말했다. 위에月가 위에인 이유는 태양太陽과 대치되면서도 결코 태양을 넘을 수 없는 존재이기 위함이다.

아뒤는 소년 같은 차림새를 하고 다녔다. 남동생 같은 사이였던 황제와 둘이서 음식을 몰래 훔쳐 먹고, 나무타기를 하고, 때로는 스승님의 수업을 빼먹으며, 형님 같았던 가오슌을 놀리고는 둘이서 마주 보며 웃었다.

만일 아뒤가 남자였다면 지금도 그 삶의 연장선상에 있었을지 모른다.

아뒤는 요우를 친구라고 생각했다. 하지만 잊어서는 안 된다. 요우는 이 나라의 정점에 설 인물이었고, 아뒤는 신하에 불과했다.

'지도 담당'이라 하니 거절할 수가 없었다.

여러 번 도망칠까 했지만 그것은 불가능했고, 결국은 달관의 경지에 이르렀다.

아뒤는 길동무라는 사실을 알고 있었다.

황제란 태어날 때부터 자유가 없는 존재다. 그야말로 자신의 역할을 잊어버린 우제愚帝라면 모를까, 요우는 총명한 편이었다. 자유롭게 살 수 있는 것은 후궁 안에서뿐. 황제의 관을 받은 이상, 평생 얽매인 삶을 살아야 한다는 사실을 알고 있었다.

아둬에게 요우는 친구였으나, 요우에게 아둬는 친구가 아니었다.

남녀 사이가 대등할 리 없다는 사실은 알고 있었으나 아둬 입장에서는 날개를 뜯긴 기분이었다.

그렇다. 태어날 때부터 황족에게는 자유가 없다. 그러나 동시에 누구에게서든 자유를 빼앗을 수가 있다.

요우는 알아차리지 못했다. 자신이 빼앗는 입장이라는 사실을 잊고 아둬에게 '지도 담당'으로서 밤 시중을 시켰다.

아둬는 예전의 자신과 같은 길을 걷게 될 마오마오를 걱정했다. 어머니라면 친아들의 사랑을 응원해야 마땅하리라. 그러나 아둬 가슴속의 양심이, 아니, 예전의 자신을 불쌍히 여기는 기억이 이런 말을 입 밖으로 자아냈다.

"지금이라면 도망치는 것도 가능하다. 도와주마."

아둬의 말에 마오마오가 의아한 표정을 지었다.

"무얼, 내게도 약간의 권력이라는 것이 남아 있으니."

미미하기는 하지만 무리하면 어떻게든 될 터였다.

"조금만 기다려 주세요~"

마오마오 대신 목소리를 높인 사람은 취에였다.

"뭐지?"

"아뒤 님, 말씀이 모순됐어요~ 그렇게 되면 제가 받은 명령을 실행할 수 없게 돼요~ 아뒤 님은 '달의 귀인을 행복하게 해 줄 것'이 명령이라고 하셨잖아요~?"

아뒤는 웃었다.

"여자 하나 없어졌다고 불행해질 남자는 애당초 그것밖에 안 되는 남자다. 유능한 신하라면 그 자리를 다른 누군가로 채워 줄 노력을 하지 않겠느냐?"

"정말 무모한 말씀을 하시네요~"

취에는 팔짱을 끼고 고개를 갸웃했다.

아뒤는 전에 서도에서 진시의 맞선이나 다름없는 연회에 참석했던 적이 있었다. 그 자리에 모인 자들은 하나같이 왕제비가 되기를 꿈꾸었기에, 위에가 누구를 고른다 한들 그 둘의 바람이니 딱히 간섭할 생각은 없었다.

그 후 위에에게 묘한 취향이 있다고 오해하기는 했지만, 정말로 원하던 상대가 마오마오라는 사실을 들었을 때는 안도했다. 몹쓸 여자에게 속을 일은 없겠다는 생각이 들었다.

하지만 아뒤는 마오마오를 알고 있고, 자신과 마오마오를 겹쳐 보고 말았다.

마오마오는 아뒤를 똑바로 응시했다.

"아둬 님, 취에 씨의 사명은 어떻게 되어도 상관없으신 건가요? 그것을 받아들였기에 저는 지금의 입장에 있는 건데요."

"정말로 후회하지 않겠느냐?"

"후회하지 않기 위해, 가능한 한 양보를 받아 낼 생각입니다."

"후후, 궁정에 커다란 온실이라도 세워 달라고 할까요~?"

"그거 괜찮네요."

마오마오와 취에는 마음이 잘 맞는지 이런 상황에서도 농담을 주고받았다.

아둬의 말은 오히려 마오마오의 결심을 더욱 굳게 다져 준 것 같았다.

"그럼 과수원은 어때요? 취에 씨는 생여지*라면 얼마든지 먹을 수 있는데요. 그야말로 전설의 미녀처럼."

"온실에서 키우면 가능할 수도 있겠네요. 하지만 여지를 너무 많이 먹으면 머리에 피가 몰릴 수 있으니 좋지 않아요."

"아니, 저런. 백 개 정도는 괜찮지 않을까요~?"

"열 개 정도로만 해 두세요."

시시껄렁한 대화지만, 듣다 보니 아둬는 마음이 묘하게 진정되었다.

아둬는 마오마오를 자유분방하게 사는 여자애라고만 생각했

※여지 : 리치.

었다. 혼자 착각하고 잘못 생각했다는 점은 사과해야겠다.

마오마오는 아둬가 생각했던 것보다 훨씬 유연하면서도 자유롭다. 갇힌 장소에서 도망치지 않고, 부수지도 않고, 형태를 바꾸어 최대한 얻을 수 있는 것들을 얻어내려 하는 인물이었다.

열네 살이었던 아둬로서는 상상도 하지 못했던 삶의 방식이다.

"그런 삶의 방식도 있었군."

아둬는 예전에 요우에게 했던 부탁을 떠올렸다.

'나를 국모로 만들어 다오.'

이렇게 말하면 아둬를 자신의 곁에 두는 일을 포기할지도 모른다고 생각했다. 농담이나, 그냥 해 본 소리라고 해도 좋다.

단어 선택을 틀렸던 것이다.

'계속 친구로 지내게 해 다오.'

가능성이 없더라도 이렇게 말했어야 했다. 자신의 본심을 말했어야 했다.

약속한 이후로 20년 이상이 흐른 현재도 아둬는 요우에게서 벗어나지 못하고 있다. 후궁을 나왔지만, 황제는 아둬를 별궁에 보호한다는 특례 처치를 취했다. 원래는 상급 비 자리에서 내려온 후에도 후궁에 계속 머무른다는 것은 말도 안 되는 일이다.

후궁에서 쫓겨났는데도 특별히 궁을 내려 준 덕분에 아둬를 멸시하는 자는 없었다.

차라리 몰락해 버리는 편이 편했을 텐데.

아둬는 이렇게 계속 별궁에 머무르고 있다. 게다가 '시 일족'의 생존자 아이들과 스이레이까지 맡아 데리고 있다.

지도 담당으로서, 비로서의 역할을 마쳐도 아직 할 일이 남아 있다는 듯.

"내가 걸림돌이 된 것은 아닐까?"

아둬는 휴우 하고 한숨을 내쉬었다.

요우는 아둬뿐만이 아니라 그 아들 또한 계속 속박하려는 것은 아닐까.

그리고 아들 또한 마오마오를 속박하려는 것일까.

그렇게 생각하니 아무것도 하지 못하는 자신이 답답하게 느껴져 마오마오에게 제안했던 것이다.

하지만 상대를 너무 얕잡아 보았다. 마오마오는 아둬보다 유연하고 뻔뻔하고 만만찮다.

"마오마오."

"왜 그러시죠?"

"뭐 갖고 싶은 것 없느냐?"

"갖고 싶은 것이라뇨?"

"생약은 잘 모르지만 비 시절의 보물이라면 줄 수 있다. 팔면 약 한두 가지 정도는 살 수 있겠지."

아둬는 여기까지 불러낸 데 대한 사과를 제안했다. 돈이나 물건으로 해결하는 방법은 품위가 없지만, 마오마오는 신경 쓰지 않으리라.

"보물이라고요? 혹시 진주가 있나요?"

"진주라고? 뜻밖이군. 좋아하나?"

"네. 눈병, 피부병, 그 외에 여러 가지 용도로 쓸 수 있습니다."

마오마오의 눈이 빛났다.

"어차피 갈아서 쓸 거니까 질보다 양이 많으면 더 좋겠네요."

아둬의 장식품은 그래도 황제에게서 하사받은 물건인데, 그것을 파괴한다는 전제하에 받아 가려 한다.

"하하하하!"

아둬는 웃지 않고는 견딜 수가 없었다.

"원하는 물건을 가져가거라. 겸사겸사 산호도 필요한가?"

"주신다면야!"

"아~ 아까워 죽겠네."

취에가 "저도 갖고 싶어요."라며 손가락을 빨았기에 대신 구움과자를 입에 넣어 주었다.

아둬는 박장대소를 하면서 소원을 빌었다.

'달이 태양과 같은 길을 걷지 않게 해 주소서.'

라고.

향이 진시의 코를 찔렀다.

"냄새가 너무 독하지 않아?"

진시는 저녁을 먹으며 스이렌에게 말했다.

"기분 탓 아닐까요? 서도에서 워낙 오래 지낸 탓에, 향을 아끼며 살았으니까요."

"그런가?"

진시는 젓가락으로 고기를 집었다. 부드러운 돼지고기를 듬뿍 넣은 요리로, 기름지긴 하지만 고명으로 산뜻한 맛을 냈다. 그 외에 볶은 장어와 자라탕 등, 평소보다 가짓수가 많고 자양강장요리가 많은 느낌이었다.

"오늘 저녁은 전체적으로 묵직하군."

"기분 탓이 아닐까요? 서도에서 워낙 오래 지냈으니까요. 많이 드세요."

스이렌이 호호호호 하고 웃었다.

영 이상하다는 생각에 진시는 방 안에 있는 호위를 돌아보았다.

"오늘은 바센이 당번 아닌가?"

"바센은 내일 이름 있는 일족의 회합이 있다고 하기에 돌려보냈답니다. 마메이와 무슨 이야기를 하더니 초조해하는 눈치더군요."

"바센과 마메이가?"

마메이가 뭔가를 꾸미고 있는 게 아닐까, 하고 진시는 생각했다.

하지만 지금은 스이렌 쪽이 더 꿍꿍이가 있어 보인다.

"욕탕에는 왜 꽃잎이 떠 있지?"

목욕을 하려니 피부에 자꾸 꽃잎이 달라붙는 것이 거치적거렸다.

"물 온도가 딱이었지요? 혈액 순환과 신진대사를 좋게 해 주는 탕약도 넣었답니다."

진시도 이 정도쯤 되면 눈치를 챌 수밖에 없다.

자신도 한때 후궁에서 지내며 황제에게 이런 식의 짓거리를 한 적이 있었다. 진시의 궁에서 스이렌이 이렇게 무언가를 꾸민다는 것은 오늘 누가 온다는 뜻이다.

그리고 진시는 며칠 전 마오마오에게 편지를 보냈다.

"스이렌, 혹시⋯."

"오늘은 오랜만에 마오마오가 온답니다. 여러 번 편지를 보내셨지 않아요?"

하기야 진시는 편지를 몇 번 보냈다. 어디까지나 근황 보고 정도였다. 궁에 오라는 명령을 한 적은 없다. 하지만 만나서 이야기를 하고 싶다는 말은 적었다. 어디까지나 부드럽게, 일이 어느 정도 마무리되면 오라고 썼을 뿐이다.

"아니, 잠깐만. 그냥 마오마오가 오는 것뿐이잖아."

왕도로 돌아온 지 반달 이상 흘렀다. 마오마오가 진시의 궁을 방문하는 일은 귀환 후 처음이었다.

"마지막으로 만난 게 배에서 내릴 때였죠. 서도에서의 배 여행을 마친 후, 다들 바빴으니까요. 겨우 한숨 돌렸다는 연락이 왔답니다."

"아니, 마오마오가 오는 건 그렇다 치고, 그래도 이 분위기는⋯."

진시는 침실을 보았다. 평소보다 짙게 피운 향, 새 이불 위에는 계절에 어울리지 않는 장미꽃잎이 흩어져 있고, 천개 장막은 뒤가 비쳐 보이는 꽃무늬 천이었다. 방 곳곳에 꽃병과 밀랍으로 만든 양초가 배치되어 있어 달콤한 향기와 함께 불빛이 너울거리는 환상적인 분위기가 조성되어 있었다.

진시는 다급히 향과 촛불을 끄고 창문을 열어 환기를 했다.

침대에 뿌려진 꽃잎도 쓰레기통에 버리고 꽃병을 치웠다.

"허억, 허억."

"어머나, 저런."

"어머나는 무슨! 대체 뭐야, 이 방은!"

전에 마오마오가 녹청관에서 진시를 접대하려 한 적이 있었다. 그때의 흐름과 비슷했다.

"뭐든지 분위기란 게 필요하지 않겠어요? 도련님과 마오마오는 이제 서로 마음이 통했잖아요."

"마, 마음이 통해…."

진시는 당황했다. 당황해서 시선 둘 곳을 찾지 못하고, 냉정한 척하려 했지만 입가가 자꾸 올라가고 만다.

"참 오래 걸렸죠. 정말이지, 이 할멈도 얼마나 걱정했나 몰라요. 우리나라의 보물, 속세에 나타난 신선의 유품이라 불리며 남녀노소를 가리지 않고 매료시키던 도련님이 그렇게 제 나이 또래의 어린애처럼 행동하다니. 아니, 제 나이 또래라면 사실 당연히 자식이 있을 나이이긴 하지만요."

"아니, 저기, 그런 게 아니고…."

스이렌에게 딱히 마오마오와의 사이를 감춘 것은 아니지만 그렇다고 딱히 보고도 하지 않았다. 배 여행 중에는 다른 사람이 많았기에 단둘이 있을 시간은 거의 없었다.

그래서 아무도 눈치채지 못했다고만 생각했다.

"이 할멈이 갖고 있는 여자의 감은 빗나가지 않는답니다."

진시는 우후후후 하고 웃으며 눈을 가늘게 뜨는 노파가 정말로 무서웠다.

진시는 불편하기 짝이 없다는 표정으로 머리를 마구 헝클어뜨렸다.

"아니, 하지만 상대는 마오마오인데?"

"마오마오도 벌써 스무 살이 넘었답니다. 숫처녀라도 지식은 있겠지요. 업무 외적인 일로 편지를 받고 남자의 방을 찾아온다는 게 무슨 의미인지 모를 리가 없어요."

스이렌은 생글생글 웃으며 단언했다.

"아니, 아무리 그래도 이 방은…."

"조금은 노골적으로 나가는 게 좋지 않을까 싶어서요."

"너무 노골적이잖아! 이런 건 조금 더 분위기란 게 필요한… 아니, 그게 아니고!"

진사는 침대 끄트머리에 앉아 앞머리를 마구 쓸어 올렸다. 차츰 쑥스러움과는 다른 감정이 치밀어올랐다. 아니, 아니야, 아니야, 하면서 진시는 침대 옆에 놓여 있던 물을 마셨다.

"앗, 그건."

"푸웁!"

물에서 이상한 맛이 났다. 희미하지만 술 비슷한 냄새였다.

"이봐, 스이렌. 뭘 넣었지?"

마신 물은 독은 아니지만 방금 전 저녁 식사와 이어지는 맥락이었다. 고양된 몸이 뜨겁게 달아올랐다.

"어머나, 아주 조금이었는데 아시겠어요? 독은 아니에요."

"당연히 알지. 마오마오라면 냄새만 맡아도 맞힐걸."

스이렌은 고분고분 물병을 가져갔다.

"휴우."

진시는 두근두근 쿵쾅쿵쾅 뛰는 심장을 심호흡으로 가라앉히려 애썼다.

관례를 치른 지 한참이나 된, 스무 살도 넘은 남자가 뭘 이렇게 동요한단 말인가. 수많은 여자들이 침소에 숨어들기도 했었는데.

풍만한 몸을 밀어붙이며 끈적끈적한 새빨간 입술을 들이민다. 숨 막힐 정도로 짙은 향 냄새에 구토마저 느꼈다. 비명을 지르며 호위들에게 머리채를 잡혀 끌려가는 모습을 보면서 진시는 여자의 전부를 알았다고 생각했다.

우물 안 개구리라는 것은 바로 이런 모습을 말한다.

"개구리…."

진시는 문득 기분 나쁜 단어를 떠올렸다. 저도 모르게 자신의 사타구니를 내려다보려다, 나쁜 쪽으로 마오마오의 영향을 받았다는 사실을 깨달았다. 일반적으로는 다리 사이의 그것을 개구리라 부르지 않는다.

"진정해, 진정해."

경이라도 읊을까, 체력 단련을 할까.

진시가 그런 생각만 하고 있는데 손님이 왔다.

"자, 자. 마오마오. 오랜만이구나. 어서 들어오렴."

"네, 스이렌 님."

나른하고 의욕 없는 목소리가 들렸다.

진시는 옷매무새를 가다듬고 심호흡을 했다. 그리고 아무 일 없었다는 듯 거실로 나갔다.

마오마오는 늘 그렇듯 반쯤 졸린 표정이었다. 손에는 커다란 천 꾸러미를 들고 있었다.

"오랜만이군."

"네, 진시 님."

"뭐 마실래?"

평소의 스이렌이었다면 차를 내주었으리라. 하지만 오늘은 다르다. 아름다운 유리잔에 스이렌이 따른 액체는 향긋한 증류 주였다. 주정이 독해, 진시가 마시고 싶다고 해도 다음 날 일에 지장이 간다면서 쉽게 내주지 않는다. 그런 술을 남실남실 따랐다.

"우와, 우와, 우와."

마오마오는 눈을 반짝반짝 빛내며 향기로운 호박색 액체에 시선을 빼앗겼다. 침까지 흘린다. 얼마나 술을 마시고 싶은 건지 충분히 알 수 있었다.

하지만 자신의 존재를 완전히 잊어서는 곤란하기에 진시는 보란 듯이 마오마오 앞에 안주를 내려놓았다.

"술만 마시는 건 건강에 좋지 않아."

호두와 땅콩, 잣 등을 볶아서 소금을 살짝 뿌렸다. 무화과와 용안 등의 건조 과일도 곁들여져 있었으나, 마오마오는 술만 즐겼다.

"일은 좀 어때?"

"첫날에 괴짜 군사의 방에서 시체가 나오는 바람에 검시하러 갔습니다."

오자마자 냅다 어처구니없는 일부터 시작된 모양이었다.

"군사 공이 저지른 일인가?"

진시는 확인차 물었다.

"그 아저씨는 절대 자기 손을 더럽히지 않아요. 물리적으로. 그리고 그냥 다른 원한이었습니다. 아무리 그래도 아저씨가 살인을 저질렀다면 진시 님 귀에도 들어갔겠죠."

"그도 그렇군."

'물리적으로'라는 말은 라칸에게 완력이 없기 때문에 덧붙인 말이리라. 진시는 확실히 라칸에게는 체력이 없다는 사실을 떠올렸다. 행동력은 있는데 체력이 전혀 없다는 생각을 하다 문득 마오마오를 보았다. 담력은 대단한데 체력이 없다. 평소에는 의욕이 없는 주제에 행동력이 대단하다.

꼭 닮은 부녀라고 진시는 새삼 생각했다. 동시에 지금 마오마오가 자신의 궁에 와 있다는 사실을 라칸이 알면 어떻게 될지, 매우 두려웠다.

마오마오는 기분 좋게 술을 마셨다. 스이렌은 진시에게도 술을 가져다주었으나, 마오마오와 달리 물을 섞었다. 진시도 술이 센 편이지만 마오마오만큼은 아니다. 증류주를 그대로 마셨다가는 기절하고 만다.

"진시 님이야말로 일은 좀 어떤가요?"

"나는 똑같다. 주상께 보고를 마쳤지만 딱히 이전과 입장이 크게 달라지진 않았지. 평소와 마찬가지로 내게는 시시한 안건만 들어올 뿐이다. 그렇다고 서도에 있을 때만큼 바쁘진 않아."

"진시 님은 아직 젊으시고, 쓸데없이 체력이 남아도니까 지금 살아 있는 거예요. 남들 같으면 과로사했을 거라고요."

마오마오는 "크으으." 하고 입맛을 다시며 술을 마셨다.

"저녁은 먹고 왔나?"

"아뇨, 혼자 준비하는 것도 귀찮아서 안 먹었습니다."

"저녁 먹고 남은 게 있는데, 먹을래?"

안주도 없이 술만 마시는 건 건강에 해롭다.

스이렌이 두 팔 걷어붙이고 만들어 놓은 저녁 식사는, 아마 마오마오의 몫도 포함되어 있으리라.

"먹고 싶은 마음도 있긴 한데요."

마오마오는 왠지 망설이는 눈치였다. 이 소녀에게 사양이라는 것이 있을 리가 없는데, 신기한 일이다.

"무슨 이유라도 있나?"

"이유라고 해야 좋을까요."

마오마오는 눈을 내리깔았다.

"저도 여러 가지로 준비를 해야 해서요."

진시는 술잔을 내려놓았다.

평소와 다름없어 보이는 마오마오지만 왠지 피부가 더 매끈해 보이는 느낌이 들었다. 서도에 다녀온 후로 다소 그을렸던 피부도 진정되어 있었다. 주근깨는 그리지 않았고, 대신 아주 자연스럽게 백분을 두드려 발랐다.

방 안의 향냄새 때문에 미처 몰랐는데 마오마오에게서 희미한 향유 냄새가 났다. 머리도 약간 촉촉한 것을 보니 목욕을 마치고 이쪽으로 온 모양이었다.

마오마오는 술잔을 비웠다.

"입을 헹구고 와도 될까요."

"그래."

평소 같으면 술병을 비우고 더 달라고 요구하던 마오마오다.

"진시 님, 슬슬 안으로 들어가시죠."

"그, 그래."

뭘까, 꿈이라도 꾸는 걸까, 하고 진시는 생각했다. 아니, 괜한 기대를 해서는 안 된다. 평소와 마찬가지로 옆구리의 낙인 흉터를 진찰하고 끝일 것이다.

"진시 님, 왜 그렇게 뻣뻣하게 움직이세요?"

"아, 안 그랬는데."

마오마오는 평소와 마찬가지로 냉정해 보이지만 아주 희미하게 겸연쩍은 표정이었다.

"마오마오, 일단 확인해도 되겠느냐?"

진시는 침을 삼켰다. 여기서 확실히 해 둬야겠다는 생각이었다.

"여기서 내 침실에 들어오는 의미를 알고 있겠지?"

"네."

"병간호도, 상처 치료도 아니야."

"저 역시 각오하고 이런저런 준비를 하고 왔습니다."

마오마오는 가져온 물건을 보여 주었다.

진시의 얼굴이 지금까지 겪은 적 없을 만큼 뜨거워졌다. 가능한 한 아무렇지 않은 척하고 싶고, 어디까지나 냉정한 태도를 보이고 싶은 마음에 마오마오에게 등을 돌리고 만다.

어느 틈엔가 스이렌이 사라졌다. 분위기 파악 안 하는, 아니, 못 하는 호위도 없다. 바센은 없다.

"목욕은 했느냐?"

"하고 왔습니다. 원하신다면 한 번 더 하고요."

"아니, 됐다."

진시는 냄새로 마오마오가 목욕을 하고 왔다는 사실을 눈치 챘다.

진시는 심장 위에 손을 얹고, 거의 소리가 들릴 정도로 요란하게 뛰는 심장을 억누르려 했다.

오히려 마오마오보다 진시가 더 목욕을 하고 싶었다. 이미 하기는 했지만 술을 마신 탓인지 땀투성이였다.

하지만 이제 와서 씻고 싶다는 말을 할 수도 없었기에 안쪽 침실로 향했다.

숨 막힐 정도로 짙었던 향냄새는 환기를 시켰다. 너무 노골적이던 침대의 꽃잎, 이상한 약이 들어 있는 물도 없다.

자, 이제 다음은 어떻게 할까.

이젠 심장 소리가 가라앉을 때까지 기다릴 수가 없었다. 얼굴은 여전히 뜨거웠지만 이제 와서 신경 쓸 필요도 없으리라.

진시는 마오마오를 살며시 안아 들었다. 전보다 체중이 불긴 했지만 그래도 가볍다. 머리에서 동백기름 냄새가 났다.

"괜찮겠느냐?"

"그럴 생각으로 준비하고 왔다고 말씀드렸습니다."

자꾸 말하게 하지 말라며 마오마오가 시선을 피했다. 어딘가 모르게 귀찮아 보이는 것이, 역시 마오마오였다.

진시뿐만 아니라 마오마오 또한 긴장한 것이다. 자기뿐만이 아니라고 생각하자 진시에게도 여유가 생겼다.

"어떤 준비를 하고 왔지?"

진시는 마오마오에게 물었다.

"아침과 저녁을 걸렀습니다."

마오마오에게서 뜻밖의 대답이 돌아왔다.

"왜지? 실험하다 식사를 깜박 잊었나?"

"물은 반나절 전부터 마시지 않았습니다. 술도 손대지 말까 생각했지만, 방금 전 술은 너무 맛있어서 한 잔만 마셨습니다."

"물도?"

도대체 안 마실 이유가 뭔지, 진시는 상상도 되지 않았다.

"원래는 식사를 사흘 전부터, 물은 하루를 꼬박 먹지 않아야 하는데 정말 죄송합니다. 내일은 쉬는 날이지만 오늘은 일이 있었기 때문에 체력적으로 힘들어서요."

"아니, 지금 무슨 말을 하는 거야?"

"녹청관에서 큰 손님이 처녀를 살 때 하는 예의입니다. 실수가 있어서는 안 되니까요. 며칠간의 굶주림과 갈증은, 큰 손님을 화나게 해서 맞아 죽는 것보다 훨씬 낫죠."

"…아니, 널 산 건 아닌데…."

진시의 얼굴이 일그러졌다. 무엇보다 진시는 마오마오에게 그런 학대나 다름없는 짓을 하고 싶지 않았다.

"여러 가지로 잘 해낼 수 있을지는 모르겠습니다. 실수를 하면 면목이 없는데 말이죠."

마오마오의 눈빛은 진심이었다. 무슨 일을 할 때는 언제나 최선을 다하는, 그런 장인 정신의 소유자라는 사실을 잊고 있었다.

진시는 넋이 나간 채로 한숨을 내쉬었다. 이전처럼 얼버무리며 도망치지 않고, 긍정적인 태도를 보이는 것은 너무나 기쁜 일이었다.

"그리고 따뜻한 물을 좀 주실 수 있을까요?"

"아무래도 목이 마르지?"

"아뇨."

마오마오는 커다란 천 꾸러미를 펼쳤다. 그 속에서는 약을 싼 봉투가 나왔다. 그 외에도 이것저것 뒤섞인, 낯선 물건이 있었다.

"이건 뭐지?"

"꽈리 뿌리와 분꽃, 봉선화 씨앗 등을 섞은 겁니다."

진시도 익숙한 식물 이름이었으나, 그 조합 역시 어디서 많이 들어 본 기억이 있었다.

"후궁에서 네가 조심하라고 했던 식물들이잖아!"

진시는 저도 모르게 언성을 높였다.

"맞습니다."

마오마오는 담담하게 대답했다.

후궁은 황제의 아이를 낳아 기르는 장소다. 그것을 저해하는 인자는 제거해야 한다. 그 때문에 금기가 된 물건들이었다.

"왜 그런 걸 가져왔지?"

"스이렌 님이 미리 내용물을 확인하셨습니다. 진시 님께 먹이지는 않을 테니 안심하십시오. 제가 먹을 겁니다."

마오마오의 눈빛은 진심이었다.

"물리적으로 방해하는 도구도 있지만 효과가 떨어지고, 진시 님이 원치 않으신다면 착용하지 않는 편이 좋을 테니까요."

마오마오는 종이에 곱게 싼 원통형의 물건을 꺼냈다.

"재료로는 소 내장을 사용했지만, 진시 님께 맞을지 어떨지도 알 수 없는 게 문제고⋯."

소 내장으로 만든 무언가는 조용히 짐 속으로 사라졌다.

"즉, 피임 도구라는 말이냐?"

"네."

"여러 가지로 준비하느라 애를 먹었다는 건⋯."

"유곽에서 구할 수 있는 물건을 최대한 긁어모아 왔습니다."

진시는 핏기가 싹 빠져나가는 기분이었다. 온몸이 차갑게 식었다.

"진시 님의 마음을 받아들인 이상, 관계를 가졌다면 그것은 저도 합의한 일입니다. 하지만 그 합의를 확실히 구분 지을 필요는 있습니다. 저는 교쿠요 황후 전하의 적이 될 생각이 없습니다."

진시는 입술을 꽉 깨물었다.

너무 들떠 있었다. 자신이 누구인지도 잊어버렸던 것이 아닐까.

진시는 마오마오에게는 진시지만, 주위에서는 무어라 불리고 있던가.

황제의 동복 남동생인 카즈이게츠, 즉 달의 귀인이다.

또한 교쿠요 황후가 낳은 동궁은 아직 어린 데다가 황후를 꼭 닮았다. 리국 사람들은 검은 머리에 검은 눈동자를 지닌 인종이며 빨강 머리에 녹색 눈동자를 지닌 자가 왕이 되는 일에 거부감을 느끼는 사람도 적지 않다.

따라서 궁중에는 리화 비의 황자를 동궁으로, 또는 또다시 진시를 동궁으로 지지하는 자도 있다.

그때 진시가 아직 혼인 관계를 맺지 않은 여자와의 사이에서 아이라도 갖게 되면 어떻게 될까.

또 상대가 마오마오, 칸 태위의 딸이라는 사실이 알려지면 어떻게 될까. 라칸이 중립이기 때문에 궁정 안에 새로운 파벌이 생겼다고 인식되리라.

애매하고 확실하지 않은 관계는 주위의 오해와 반감을 산다. 당사자의 의지와 상관없이, 설산에서 작은 눈덩이가 한 번 구르기 시작하면 점점 돌이킬 수 없는 크기까지 커지듯이.

정치에 어두운 마오마오지만 위기관리 능력만큼은 빼어나게 높다.

"달의 길도 계산했습니다. 오늘 밤은 비교적 생기기 어려운 날입니다. 또, 실패하더라도 안심하십시오. 처치 방법은 잘 알고 있으니까요."

마오마오의 말은 거짓이 아닐 터였다. 아이가 생기면 확실히 처리한다. 숨겨서 키울 리가 없다.

비정하지만 화근이 될 가능성을 생각하면 정당한 생각이었다. 평온한 삶을 살기 위한 비정함이었다. 무엇보다 피해가 최소한으로 끝난다.

진시는 마오마오를 꼭 껴안았다.

방금 전까지 솟구치던 욕정과는 다른 감정이었다. 진시는 미안한 마음이 가슴 가득 퍼져, 이를 악물다 그만 부서뜨리고 말 것 같았다.

"미안하다, 네가 신경 쓰게 해서."

진시는 마오마오의 어깨에 머리를 얹었다. 마오마오는 아이를 달래듯 진시의 등을 토닥토닥 두드렸다.

"아뇨."

진시는 마오마오 같은 여자를 만난 일이 기적이라고 생각했다. 그래서 놓아주고 싶지 않았다. 옆구리에 낙인을 찍은 것도 그 때문이었다.

"미안하다."

진시는 다시 한번 사과한 뒤 아쉬운 듯 마오마오를 놓아주었
다. 계속 안아 주고 싶은 마음을 억누르고 침대에 벌렁 드러누
웠다.

"진시 님."

"오늘은 그만 돌아가도 좋아. 괜찮다면 저녁 식사를 싸 가거
라. 배가 고프겠지. 식었으면 찜통에 데우면 되고."

"하지만…."

"됐으니까 돌아가. 제대로 챙겨 먹고, 물도 빠짐없이 마시도
록. 쓰러지면 안 된다. 서도에서 또 야위지 않았느냐."

진시는 양손으로 얼굴을 가렸다.

"알겠습니다."

마오마오는 짐을 챙겨서 방을 나갔다.

"그럼, 실례하겠습니다…."

마오마오는 무어라 중얼중얼하면서 침실을 나섰다.

"이걸로 됐다. 지금은 이걸로."

진시는 자신의 입장을 확고히 해야만 했다. 언제까지나 왕제
지위에 있을 수는 없다. 교쿠요 황후에게도, 리화 비에게도 자
신이 적이 아니라는 사실을 알려야만 한다.

옆구리의 낙인만으로는 부족하다. 더 뚜렷하게, 공식적으로

보여 주어야 한다.

황제의 동생이라는 지위를 버리고, 황족 지위를 포기하는 수밖에 없다.

"어떻게 하나."

진시는 고민했다. 머리카락이 빠질 정도로 궁리했다.

그래서 마오마오가 나갈 때 나직이 중얼거린 말을 놓쳤다.

"삽입이 없는 방향도 예상하기는 했는데요."

진시는 그만큼 머릿속이 꽉 차 있었다.

16화 : 마오마오의 늦은 저녁 식사

마오마오는 숙사 주방에서 저녁을 데우고 있었다.

진심으로 아쉬운 표정의 스이렌의 배웅을 받으며 돌아온 참이었다.

마오마오는 맥이 빠졌지만 내심 안도하기도 했다. 지식은 있으나, 마오마오는 숫처녀이기 때문에 여러 가지로 자꾸 생각하게 된다. 마오마오가 준비를 마치고 진시를 찾아간 것도, 기왕이면 자신 쪽에서 먼저 들이받는 편이 마음의 준비를 하기도 쉬울 것이라 생각했기 때문이었다.

저녁이 다 데워지자 마오마오는 방으로 이동했다. 계절은 봄이지만 밤은 아직 추웠다. 예의에 어긋나는 짓이지만 이불 속에서 저녁을 먹어야겠다고 생각했다.

저녁은 가지고 가기 쉽도록 돼지고기 조림과 장어볶음이 찐빵 소로 들어가 있었다. 탕은 술병에 들어 있어 아직 꽤 따뜻했다.

"온통 자양 강장 요리밖에 없잖아."

마오마오는 쓴웃음을 지으며 찐빵을 베어 물었다. 남이 만들어 준 저녁밥은 맛있다. 단식을 했기 때문에 각별히 더 맛있게 느껴졌다.

전부 먹어치우고, 받아 온 술을 홀짝홀짝 마셨다.

"자, 그럼 이제 어떻게 할까."

진시가 자신을 거부한 이유는 예상이 된다. 진시는 이전처럼 자신에게 감정을 강요하지 않았다. 자신을 배려하는 행동이리라.

하지만 맥이 빠져 버린 마오마오는 앞으로 대체 어떤 표정으로 진시를 만나야 좋을지, 고민하게 된다.

"뭐, 한동안 만날 일은 없지만."

다음에 만날 때 생각해야겠다며 문제를 미루기로 했다. 마오마오는 미래의 자신에게 기대했다.

주정이 센 술이기 때문에 취기는 느껴지지 않으나 점점 기분이 좋아졌다. 잠기운도 거들어, 여러 생각이 머릿속을 맴돌았다.

"라한네 형이 돌아왔다고 했지?"

취에에게서 이야기를 들었다. 가기 싫지만 일단은 라한네 형을 만나기 위해 괴짜 군사의 집을 찾아가야 한다.

"메이메이 언니도 보고 싶고."

기성이라면 그리 나쁜 대접을 받지는 않을 것이다. 라한에게 물어봐서 메이메이를 만나게 해 달라고 해야겠다.

"그나저나 죠카 언니의 손님이었다니."

메이메이에게서 죠카로 옮겨 갔다. 잠기운과 주정으로 연상 놀이처럼 차례차례 머릿속이 뱅뱅 돌았다.

"황족을 찾아서 대체 뭘 하고 싶었던 걸까?"

황족의 사생아라 하니 티엔요우의 본가와 이어진다.

"혹시 죠카 언니랑 티엔요우가 친척이었다거나?"

죠카 언니는 자신의 씨앗이 도적이라고 했지만, 도적이 아니라 사냥꾼이라면 앞뒤가 맞는다. 옥패를 갈아 낸 것은 황족인 동시에 처형당한 죄인의 혈통이라는 사실을 숨기기 위해. 옥패가 깨진 이유는 모르지만 짐승 냄새가 나고 옹이가 박인 거친 손을 가진 남자가 사냥꾼이라면 이해가 된다.

"왕팡이란 놈, 궁중에서 황족의 사생아를 찾고 있었나?"

왕팡은 사생아 소문을 듣고 궁중에 출사했다. 그리고 정보를 모으기 위해 관녀들을 이용했다.

"하지만 문제의 티엔요우는 서도에 있었는데."

술과 잠기운 때문에 사고가 자꾸 날아간다.

끝을 여러 갈래로 쪼갠 이쑤시개로 이를 닦아야 한다고 생각하면서도 결국 수마가 이기고 말았다.

마오마오는 술병을 내려놓고, 자꾸 내려오려 하는 눈꺼풀을 완전히 감았다.

약사의 혼잣말 13권 마침

약사의 혼잣말

가계도 황족

여제 — 선제

차남? (모친 안시) **카츠이게츠(진시)** 22세

장남 (모친 안시) **현제** 38세

장녀 (모친 후궁 궁녀)

스이레이 (부친 시소) 22세

삼남 (모친 리화) 3세

삼남 (모친 「고쿠요」) 동궁 **이름 불명** 3세

차남 (모친 리화) 서거

삼녀 (모친 「고쿠요」) **링리** 5세

차녀 (모친 타비) 서거

장녀 (모친 타비) 서거

장남 (모친 아딘) 서거?

일러스트 : 시노 토우코

가계도 라 일족

약사의
혼잣말

중조부
│
┌─────────────┴─────────────┐
차남   장남 라한의 조부
뤼멘
                              │
                    ┌─────────┴─────────┐
                   차남   장남
                라한 아버지   40대
                마흔 조금 넘김   중반
                                     라칸

          ┌─────────────┬─────────────┐
         차남   장남   장녀
         22세   24세   21세
         라한   라한네 형   마오마오

※13권 현재

약사의 혼잣말 [13]

2024년 1월 10일 초판 발행

저자	휴우가 나츠
일러스트	시노 토우코
옮긴이	김예진

발행인	정동훈
편집인	여영아
편집 팀장	황정아 김은실
편집	노혜림

발행처	(주)학산문화사
등록	1995년 7월 1일
등록번호	제3-632호
주소	서울특별시 동작구 상도로 282 학산빌딩
편집부	02-828-8838
영업부	02-828-8986

ISBN 979-11-411-2124-2 04830
ISBN 979-11-348-1428-1 (세트)

값 9,000원